銀波之舟

阮慶岳

我的童年究竟去了哪裡呢？

奧古斯丁《懺悔錄》第一章第八節

目次

1

婆：作孽的人生

我爸來台灣時是帶著裹小腳的婆一起的，我常常想像那樣的場景，就是婆如何搖搖晃晃、一小步一小步地走上登船的細階梯，父親雙手提著所有的家當行李，一邊緊張護衛著不讓擁擠人潮碰撞到搖搖欲墜的婆，兩人像一對避難同行的殘缺母子，一路顛簸地到抵這個陌生的島嶼。

婆不識字又只會說福州話，加上裹著小腳行動不便，這幾乎使得後來落居南部小鎮的她，有如被什麼真空氣球隔絕開來，成為一個讓眾人幾乎視而不見的絕對異物。然而，婆卻對這樣的生活完全滿意，她日日起床必先行禮如儀地梳洗自己，尤其會認真對著木窗檯上的小圓鏡子，有條不紊地反覆梳著頭髮，包括最後會滿意地敷上茉莉花香的髮油，再在後面紮出一個髮髻，全程緩慢也優雅，完全無視站立一旁、以著驚奇神情瞪視整個過程的我。

婆的一切舉止言行，都如此緩慢幽長，我此後餘生沒有再見到過任何人，能和婆一樣安靜優雅地長時間一人靜坐著，不管只是對鏡梳妝，或者就是什麼也不做地望著窗外景色，彷彿她是岩壁上一尊時光外的石佛，無喜無憂地看著江水滔滔流逝去。

是的，對幼年的我而言，婆所有緩慢的生活動作，都宛如一個神祕的宗教與儀式，暗示著一個我永不可知也不可解的宇宙。婆像一個來自異星球的人，她可以端坐在榻榻米床鋪上，或是獨坐在有午後陽光灑入到直長條玻璃窗邊的木凳上，幾個小時一語不發。這已經和裹小腳行動不便無關，我完全相信她的一世，從來就是這樣活過來的，就是優雅地、文氣地，不動聲色地一人在角落端坐著，像是一株盆栽裡的無名植物，或是什麼園林裡的一座太湖山石，那樣全然不打擾任何人，無聲地一邊吐納一邊存活著。

我很小就知道婆的名字叫葛寶英，那是我從戶口名簿上看到的，但沒有人用這個名字喚叫過她，大家都用福州話發音叫她婆，聽起來比較像是官話發音的伯，只是我們尾音會拉得很長很高，就是：伯—伯——。至於婆在平日喚叫我時，則會把我名字裡用作排行的慶，發成嘆氣般輕聲無存的空泛語音，然後把名字最後的那個岳，用顯得誇大引人的腔調，拉成長聲也高亢的「幽」，彷彿在喚叫隱身森林的小鹿，還是召喚著什麼不可見的生靈似的。

婆一直很客氣地稱呼我的母親趙小姐，這是爸媽婚前還在談戀愛來往時，婆對母親的禮貌稱呼法，但是即使婚後成了婆媳關係，婆還是一直這樣稱呼著我母親。婆和我母親一直以著這樣略略有禮隔閡的態度共同生活，婆需要生活的什麼大小事物，都是直接私下告訴我父親，讓父親負責去為她張羅與添補，母親並不太去理會參與或插手。婆需要的東西其實很少，她的一切物品都摺疊整齊，放在一個厚重的牛皮行李箱子裡，那應該就是離開福州那日帶來的同樣一只箱子，存放的容量大小也完全沒有改變，彷彿婆這麼多年的生活，從來並沒有需要去增加什麼，也沒有特別少去了什麼。

婆唯獨愛吃甜食，尤其是黏牙的花生酥糖，因此她的牙齒一直稀落疏少，父親蓄意減少甜食零嘴的供應，想斷了婆這唯一的不好習性。婆便決定要自己上街去買，她會喚叫一樣安靜不語的我隨行。婆準備好就一手扶著牆壁，另一手搭著我的肩膀，兩人一階一階走下去宿舍的大樓梯，然後走出去大門，拐到大街騎樓下的整排商家。婆只能用應該無人能懂的福州話溝通，卻依舊順利買回她要的所有零食，再自己偷偷地塞在她牛皮箱角落的衣服底下，彷彿什麼事情都不曾發生過似的，婆通常會犒賞我一些零食或小錢，讓我和她一起守住這個雙人間的祕密。

婆對於她的六個孫子女，也保持著親切的友善距離，並不會主動去接管與幫忙，唯有在母親因事動怒或孩子夜裡哭鬧不能眠時，她才會插手把孩子抱去她獨眠的榻榻米床上，像避風港般護衛那個哭泣不停的孩子。婆用來哄小孩的招數並不多，她先是會用福州話反覆唱一首我們都倒背如流的兒歌，那是僅有幾句唱詞的兒歌，是在說著一個三歲才剛學語的孩子，竟然不必經由他父母的教授，就自然地唱起了一首兒歌，基本上是用來讚嘆小孩的靈巧聰明。

另外，我們總會要求婆講故事來伴我們入睡，雖然我們都知道她其實會說的那個故事，就只是福州話版本的虎姑婆。但還是次次堅持要讓她再講一次，並且每每一邊聽著、一邊害怕地央求她不要再講下去，同時深深地躲入她瘦小的胸懷裡去，尋求婆肢體的庇佑保護。

我幼年小鎮的母語環境，除了在學校和少數的正式場合的國語外，基本上幾乎是被閩南語籠罩，偶爾會聽到客家話穿插。因此，我其實就是在與鄰居及玩伴對談的閩南語，家人間日常的國語，和旁聽著父母與婆三人彼此溝通時的福州話，這樣三種截然不同語調的環境裡長大，當時一點不覺得奇怪與突兀，彷彿這個世界本來就應當是如此交織而成的。

而且，我現在回想起來，雖然婆對我們的關愛與互動，看起來完全比不上我父母的濃烈程度，甚至比起別人的祖母也顯得淡薄許多，但是她卻讓我覺得非常強大的安心，就是不管我究竟發生了什麼事情，我知道婆都一定會用同樣對我的愛，不評斷任何事理地撫慰與包容我。所以，也不會像是我有時對父母還是有怨懟的情緒，心懷委屈地質疑著父母布施愛心的不公允，甚至落淚想著自己是不是他們真正的親生子，反而我對婆所施加給我的愛，完全沒有任何的懷疑。

婆的愛一直持恆不變，雖然微弱卻永不熄滅，永遠等待接納著我的歸返。而且，婆不僅不會輕易動怒，她也不會去審判任何人的對錯，如果我覺得生氣或心情受傷，婆就只是會把我抱入懷裡，輕輕哼唱著她那首僅有的兒歌，讓我感覺到撫慰與寬容的環圍，以及她必是那盞永不熄滅的燈火，一定永遠明亮與溫暖地等候著我的叩門返家。

婆絕口不談自己的身家來歷，譬如與她自己的丈夫、也就是我們從沒見過的祖父的關係，或是她的娘家背景與來歷為何，彷彿她的生命一切，都像是被時間突兀地擦拭掉，因而成為一切無存的一張空白紙張。婆像是一個只是存活在當下此刻的人，她從不敘述任何己身的記憶與故事，就怡然安靜地活在屋室可以走動的範圍內，完全沒有什麼對過往的怨尤不滿，也似乎不需要得到什麼未來的生命承諾。

譬如，婆沒有任何的宗教信仰，她從來不燒香也不念佛，似乎也沒有任何親近的家人或朋友可以聯繫，就是只有她和我父親兩人相互為伴，他們好像是兩個來自某個孤獨的太空梭，忽然就現身在這個世界的人。因此，也和這整個現實世界裡一切的人，完全都沒有任何的牽連與瓜葛，他們的生命去從因由，完全無從探索也無得理解。

婆也會被我們有時的頑皮打鬧，弄得怒氣起來，但她追逐走動實在太慢，完全無法制約我們的行為。這時她就會張口說著她僅有固定的那句罵人話，那是一句四字算是難懂的福州話，意思是說「鬼都嫌棄」，更準確翻譯的話，就是說你是一個連鬼都不想要抓的討厭傢伙。這就是婆生氣時最極限的表達，她就用本來並不太宏亮的嗓音，對我們喊著說：「連鬼都嫌棄的啊，你這個鬼都嫌棄的小孩啊！」

父親有著愛交朋友的熱情個性，很快在小鎮就結交各樣的朋友，並且迅速鍛鍊起來令人詫異的閩南語能力。我記得曾在鎮公所的大禮堂，看著他在台上生動地用閩南語作即席演講，那樣顯得絕對自信自在的神態，還深刻地留存在此刻我的腦海裡。然後，他一回到家裡，就只用福州話和婆及母親說話，以及用學校要求的國語，和我們六個小孩作溝通。

父親用一種低調的方式，表達他對自己母親的愛，兩人極少對話交談，但是旁人都感覺得到其間濃厚的情感連結，這也很符合父親的感情表達方式，他本質上還是一個有些含蓄收斂的人。但是，他也會忽然就決定要大作情感的聲張，就是他內隱的害羞本性，常會被他忽然爆發般的熱情所覆蓋。譬如父親在收入與聲望都正達到高點的那時，決定要隆重地幫婆辦理八十歲的壽宴，他請來外地知名外燴師傅掌廚，並且包下來小鎮最有歷史傳統國小的大禮堂，鋪陳出數十張紅色的宴客桌面，五湖四海地廣邀各方人士參與，並堅持不收取任何人的禮金，豪情與霸氣的孝心明顯表露。

那夜，我們全都換上好看的衣裝，心情興奮但也忐忑不安，婆還是一貫靜默沉著，穿著她向來習慣的深色連身褂袍子，彷彿要去參加的是別人的什麼喜宴。母親顯得愉悅富泰白晰，穿上特地備置的黑色錦緞旗袍，一長串淡紫濃紫手工刺繡的花朵，從胸前洋洋灑灑流綴下來，頸上套了一圈珍珠項鍊，自在穿梭來往地迎迓賓客，扮演著稱職也自信的女主人角色。

父親自然是當夜最開心的人，他揮灑這樣還是超乎他公務員身分的金錢，就是想對他的母親表達出某種衷心的感謝。父親四處巡梭寒暄，一整張臉因為喝了整夜的酒，完全漲得赤赤紅。喜宴終於散去的時候，父親讓我們一家大小，排列在禮堂大講台上合照，背景是掛滿各方致意的紅色喜帳牆面，以及長條檯子上寫著各種祝福話語的大小獎牌賀儀，地上還有開場時四散紛飛的爆竹紙屑。

那無疑是我們一家最是豪華的巔峰時刻，父親似乎預知後來一家人生活的即將緊縮克難，決心窮一己之力為婆揮灑出來一個無人能夠忘懷的錦繡時刻。然而，婆對這一切孝心的展現，仍然一貫地沉靜與淡然，她就以謙遜羞怯近乎卑微的神色，應對走來向她賀喜祝壽的各色人群，微笑地一直點著頭致謝，有如一個冷靜也心懷感激的局外人。

母親雖然弄不清楚婆真正的背景家世，卻還是略略聽過我父親酒後偶爾提起父系這邊的事情，於是不免添加一些她的想像揣測，對我們鋪陳出一個若有還無霧影朦朧的故事。就是婆其實出身艱苦，所以在她嫁到阮家時，不僅只能充當二房，還和夫婿差了幾十歲，而且阮家當時家業正要迅速沒落，等到祖父後來老邁逝世後，婆和幼年的爸就被正房逐出家門，兩人此後相依為生。幸好，父親從小隨祖父的私塾上課，國學基礎相對扎實，自行考上公費的簡易師範，並且隨後在閩西山區小學教書幾年後，經由徵詢被轉派台灣擔任公務員的職務，終於穩定了孤兒寡母的生活。

我的母親名叫趙玉彬，她自稱是宋太祖趙匡胤四弟趙廷美的後代，我幼年常常反覆聽她說起這件事，覺得恍恍惚惚的，好像母親常掛口的這個趙匡胤，就是她小時候親身來往熟悉的什麼親戚長輩似的。然後，母親自然會不斷提及她的父親，就是我的外祖父，如何在福州著名的三坊七巷的文儒坊，開設一家應當是小有規模的刺繡工廠，生意甚至遠及台灣及南洋，而且她宣稱她家對門就是林則徐那個知名家族的院落，她還和林則徐家族的某一個女孩，同為小學同學什麼的。

當然，我們都聽得出來，母親其實隱隱有和父親及婆一家作對比的意味，就是暗示說她自己如何出身大家，卻與來自於沒落的貧窮家庭，終於靠著努力向學終於成功翻身的父親，一起談戀愛並結成親眷，表示自己當初如何有眼光委身下嫁的勇氣。父親與婆對這些說法都不做任何回應，也看不出有什麼委屈或是不同意，就是全家都默默地聽母親談著她自己家族的榮光過往事蹟，偶爾她會提一下父親這邊如何蕭條不堪，用略略帶著優越感的語氣，作為每次唏噓感嘆的結語。

譬如，母親就敘述父親曾經告訴過她，婆當年突然被逐出家戶時，曾帶著年幼父親意圖回去投靠娘家，卻被娘家親人這樣冷言地直接回絕：「我們自己都只剩下這一條長板凳可以睡了，你們怎麼還會想到要回來，居然還要想跟我們擠個什麼板凳東西的啊？」我記得母親用福州話說著這些話，神色彷彿同時流露著對某種無家可歸者的悲涼同情。

但是，我其實很早就對母親這樣帶著神話傳奇說法的家族敘述，有著隱約與直覺的懷疑，因為她的說法其實各種矛盾與漏洞四處可見，就算幼年還全然無知的我，也是可以察覺感知到其中難吻合的離奇處。譬如外祖父並不識字，教養言行似乎直接粗暴，和父親家族這邊書香傳家的某種內蘊傲氣全然不同，而且外祖父有著長年吃齋信佛習性，母親又透露他可能自小寄身寺廟，自己後來投靠去當刺繡學徒，再自行創業成功的翻身歷程，其實根本並非什麼真正書香豪門的大戶出身。

還有，母親的身分證雖然寫著福州高女畢業，但她卻反覆述說外祖父在她小學畢業後，就不讓她繼續升學的悲憤。母親是家中長女，似乎最得脾氣暴躁外祖父的寵愛與信任，她最愛反覆說的事情，是外祖父承包了一個大官員家裡戲班的整套刺繡戲裝，卻發覺寫錯了的估價單，注定要大賠收場，外祖父畏懼官員的威勢，暗自落淚不敢去更正。母親年幼卻膽大氣盛，自告奮勇去往官員府上當面說明，不但順利修正了合約金額，還贏得官員對她的讚許獎賞。

這樣許多母親的少年英勇事蹟，譬如還包括她隻身去上海，代替她的父親去談生意收取帳款，有如什麼少女英雄可歌可泣的遠征記事，都在在對映出來婆與父親這一家族的黯淡與闇啞狀態。也就是說，婆與父親某種原因地迴避了自身記憶的沉默舉止，恰恰鼓舞了母親對自身的家族，顯得尤其是高張逼人的效忠與愛意，也讓母親天生就能遊走在想像與現實間的說故事能力，得到毫無阻礙的完整發揮。

我有時會想著，母親這樣宛若天成的說故事能力，究竟是怎樣得來的呢？我唯一可猜想的線索，是聽母親說外祖父平日最大的消遣嗜好，就是去到山澗古廟旁的溫泉館，開心泡澡洗浴後，躺在竹椅上喝茶嗑瓜子，一邊半閉眼聽人說書或唱戲曲，母親會一旁作陪聆聽，因此對於各種的演義故事，都能朗朗上口如數家珍。

是的，母親說起自家的故事時，就不免讓我想到演義小說裡的流光閃爍，就是會有一種高亢的、飽滿的，近乎激情的情緒，隨著故事起伏四處流竄。母親這樣的稟賦與能力，自然讓幼時的我驚訝又羨慕，就像是我同樣也記得我曾經望著母親一手執著鉛筆，輕鬆地在白色的枕頭套上，迅速就勾勒出來一個牧童牽著牛，黃昏時相偕返家的情景，然後她繼續神奇地用各色彩線，穿梭出入刺繡來去，迅速幻變出來一幅最美麗的景象。

相對來看，婆與父親的生命故事，就是一個無人可以打開的暗箱子，父親有時會在酒後稍稍提起，卻總是會感傷地流著淚，更是增添這故事盒子不可輕啟的魔幻神祕力量。婆則是一貫永恆的淡然與無言，彷彿她的故事根本就不屬於現在這個時空，因此我們完全感受不出來任何的人體溫度，以及難以分辨是否婆對生命依舊有什麼怨懟或是期待，彷彿一切都是如此的理所當然，一切都是有如歷史課本一樣的本當如此。

父親在兩岸一開通可以探訪時，立刻迫不及待地返回福州，試圖尋訪已經失聯數十年的親人，但重點比較放在他父親這邊的跡痕脈絡，沒有特別花心思去追索婆娘家那邊的母系家族何在。然而，興致勃勃的一番探訪，什麼認得的父系家人終究都找不到，甚至自己還被拐騙去到一個遠山的荒墓，說就是他那長年失散長兄的遺墓，並且讓他認真花了許多錢去整修，最後才發現根本是一場被設計的騙局。

母親相對就果斷也勇敢許多，她更早在文革結束不久的八〇年代初頭，就決定隻身先去到香港，自己假冒港僑的身分返回福州，並且找回去她當年的家門，見到已然失智也落單一人的外祖母。然後，居然神奇地把外祖母接出來，兩人一起到抵香港，然後轉機回來台灣。我那時正在馬祖服役，在唯一返台一週的假期，特地去到大舅位在霧峰的家，見到坐輪椅上我從來沒有見到過的外婆，她那時看起來精神氣色其實都還好，就是有些恍惚不能認人也不說話，在隔年我終於退伍返台前，她就已經迅速去世了。

母親對自己家世的榮光驕傲，其實也交織著對她父親從來霸道專制態度，其實並不能完全原諒的情緒。然而，她對自我家族的維護，阻止了她這樣帶著懊惱的回顧，有如父親或許因著自身某種過往的羞辱感受，而不願意真正揭開記憶的沉重盒子，他似乎害怕自己的陳舊傷痕，會因此不小心地覆蓋在自己及子女的身上。也許正因為這樣，母親許多時候作著記憶敘述的語氣裡，流露對婆與父親不敢去面對記憶的鄙視，同時這也像是用來強調自身優越尊榮地位的必要手段，其中隱約流露的某種刻意與誇大，自然更因此難以避免。

然而，婆與父親都絕對坦然地接受母親這樣的表演姿態，他們像是寵溺著一個任性的小孩那樣，安靜無聲地聽著母親的編織敘述。事實上，母親所以在文革剛才結束後，就能夠立即從香港前往福州探親，是因為母親早就經由一個在香港友人的轉手協助，長期與她不識字的父母與留在家鄉唯一的小弟通信，並定期寄送匯票去濟助他們的生活。父親對於母親娘家這樣的所有協助需索，一直完全無意見地支持，沒有任何區分彼此家族的自我意識，這部分是母親到晚年回顧時，還屢次含淚特別深深感謝父親的地方。

她說：「你爸是一個完全沒有私心的真正好人，他幫助我娘家的這些事情，我絕對是一生一世都不會忘記掉的。」

又說：「如果不是你爸願意這樣幫忙，我當年留在老家的爸媽和小弟，除了被批鬥被抄家外，真的還不知道要受到多少苦頭呢！」

母親說著這些時，每回都不免要拭著淚的。

在我的父母與婆先後去世以後，我以為與他們兩邊所有相關的家族記憶，從此就不會再出現來我的生命了。畢竟，本來他們就已經牽引得既是辛苦、斷斷續續也模糊難辨的這些事情，其實完全沒有任何明確的人事線索與意圖，可以交代給我們繼續承接。彷彿那就只是他們自身某種未竟的人生遺憾，甚至帶著一絲「我畢竟總是已經盡力了」的意味，讓我覺得一切所謂的家族記憶，應該可以就到此為止了吧。

忽然一日，我的大姊收到一封來自福州的手寫信函，是婆的娘家家族那邊的一位表叔，表示父親當年返回福州時，也曾經與婆的娘家有聯繫，並留下了聯絡的地址，所以他才得以寄出此信。然後，他接著用十分懇切誠摯的語氣，希望在台灣我們這幾個婆的後代子孫，可以一起回去福州一趟，與婆娘家葛姓的家人後代一起相聚交流，並在信末特別表示說，尤其他本人年歲已高，身體每況日下難以預料，希望我們能夠成全他這個兩岸家人相聚的最後願望。

我和兩個姊姊因此就飛抵陌生的福州，對於這個樣貌似乎與其他中國城市大同小異的繁華忙碌都市景象，我並沒有什麼特別的感覺。然而，隨後在比較不顯眼的城市大小角落裡，開始聽到似曾相識的福州話，以著我曾經日日聽到那種細瑣連綿的交錯語調，此起彼落地出現來，我才真正感覺到原來這就是婆與我父母當初所來自的地方，也忽然有了瞬間跨入什麼奇異記憶裡，某種開始被熟悉與陌生時空交夾穿插的惚恍感受。

我們在這位表叔的牽引下，見到許多婆家族裡的同輩親人，然後彼此用著陌生好奇的目光，觀看這樣似近實遠的對方舉止模樣，似乎也能感覺他們彼此間，同樣存有的互動生疏，顯示葛姓家族其實早也分枝散葉的事實。表叔最是積極地接待我們，也似乎最急於想把葛家曾經的榮光輝煌，再次能夠如何地宣示提振起來。

我印象最深刻的是表叔帶我們去到葛家當年所在的明代式樣舊宅，也就是在福州著名景點三坊七巷裡的黃巷葛家大院，那是一個五開間雕花木門的堂皇門面宅第。他說早年葛家大院正門上方懸掛了「中憲第」，甚至二門也掛有匾額「會魁」，顯示葛姓家室的一度官宦興隆脈絡。然而，表叔說這座已經被定位為歷史文物的大院，現在正要準備進行全面維護整修，產權已然正式歸於政府，然而在搬遷過程中賠償安置的對象，卻全是文革後分據房室的許多不相干他者，反而當年被逐出去大院的原本葛氏一家老少親人，絲毫沒有得到任何的正視與補償，甚至現在連想要入院參觀都不被允許。

我對這一切都全然一無所知，站在如此宏偉陳舊的大門外面，看著年邁的表叔和探出半個頭的年輕守衛爭辯，甚至轉身指著我們姊弟三人，反覆強調著：「他們就是真正葛家後代的台灣同胞，特地老遠跑回來看看自己的老家的。」但是，警衛顯然對此說法無動於衷，就是撇目轉頭擺一擺手，把木門重新關閉起來。

我有些驚訝兼震撼地發覺婆的娘家，居然是有著這樣宏大門面的大戶人家，然而婆為何卻又會決定要嫁入一個即將衰敗的家族，並還只是充任二房，而且在祖父一去世後，立即被大房逐逼離開家門，尚且得不到娘家的接納與協助，只能帶著當時年僅十一歲的父親，設法在戰爭亂局中存活下去。此刻現實裡的葛家親戚眾多，本來也分屬龐雜不同的支系，因此更早就彼此分岔不甚熟悉，對於婆的身世似乎也一無所知，尤其在文革當時一啟動後，因為擔心可能被清算鬥爭，不但各自奔離躲避，也把家譜和土地契約一干文件，全部都燒盡完全不留痕跡，以免因地主身分而賈禍上身。

這也是此刻所以尷尬的狀態，就是家族後代雖知這即是葛家舊居，卻偏是既沒有如今居住其中的真正事實，也提不出任何文件憑據的證明，只能睜眼看著有五百年歷史的家族舊居，成為政府擁有的公有財產。同時，這樣因為避禍而近乎懸缺空白的家族史，以及關於婆的一切身世與生命細節，竟然因此得不到一絲絲訊息的回答，就是完全無人可以說出來她究竟是誰，這樣子簡單也本當可以直接回答的任何說法。

婆好像根本是一個與葛家完全不相干的人，並沒有人否認她的存在事實，但是也沒有一個人可以站出來，大聲宣稱婆究竟歸屬在這個龐大家族的哪一個位置。婆彷彿是個從來就隱形的人，雖然有著真實的身軀，卻一直沒有名分地活著，就像是我從小看見到她存在的模樣。

表叔還帶我們去到附近的一個小學，指著圍牆的遠端說：「以前從這裡一直到那頭，都是我們葛家的祠堂，後來給政府徵去當小學，沒有人敢說一個不，就是在這樣的狀況下，整個葛家祠堂就不見了，葛家從此就不再有屬於自己的祠堂了。」

我隱約感覺到表叔的落寞哀傷，他似乎有些企盼因為我們身在外地的特殊身分，說不定因此可以讓這件事情，有某種突然轉機的可能。然而，這樣一切跳躍敘述的來往故事，以及眼前流轉匆促的具體事物，畢竟都是距離我們太過遙遠了，幾乎像是在聽看什麼煙花的施放過程，不僅眼花繚亂穿梭來去，甚至真假虛實難以分辨。

然而，我就忽然想起來婆臨終前的一些事情來。

婆身材短小羸瘦，老年時甚至有些佝僂駝背，加上靜默不語的個性，讓她顯得恍如不可被人視見地存活著。但是，令人奇異不解地，在我自小以來的記憶裡，婆似乎從來並不生病，她從來不去醫院，也不喜歡看醫生，她甚至連讓中醫師來家裡幫她把脈看診，都顯露出排斥拒絕的態度。婆平日頂多就是讓我父親去中藥行抓一些簡單的藥材回來，自己用小火爐燉煮飲用，像是平日她慣常煮食乾燥小黃菊花喝，拿來日常飲用調理身體，婆似乎有著一套治理自己健康的方法。

是的，在我的印象裡，婆總是不會生病的。她也不做家事，只有母親忽然生病時，她才會和父親交錯合力料理起我們的起居。我們從來就看得出來她對這一切的生疏，她並不知道如何當一個務實勤快的家庭主婦，她既且不會也不喜歡做這些家事，那似乎本來就與她的生命無關。

婆最後幾年是在床榻上度過，並不是得了什麼病，而是她無法站立與走路，只能躺臥在床上，讓人料理她的飲食與排泄。不知為何，我就被安排與婆同住家裡最後面的臥房，是不是因為我也自來有著和婆一樣沉靜不語的個性，以及我會默然順從地承擔起為婆及時遞送便盆與清洗便盆的工作責任，確實原因我其實到現在也不能全然明白。

那時我正在念高中，某個原因地，我忽然決心要開始認真讀書，有著務必考上大學的覺醒與意識。我經常深夜在一盞桌燈下專注研習，房裡只有癱躺床上不能眠的婆，以及日益顯得緊張焦躁的我。然而這樣兩人的平靜關係，卻在瀰漫不散去的尿屎味，以及婆因背股身軀感染到褥瘡，因而持續發出呻吟般哀嘆的聲音裡，讓我感覺到不能忍受的厭惡與壓力。

婆會不斷低聲喚叫著我的名字，而我事實上卻什麼也不能替她做，因為她只是覺得難受與無奈，我也只能裝作沒有聽見婆的呼叫，繼續專注在我即將面對來臨的大學聯考課業預備上。但是，我其實依舊可以清晰聽見婆反覆地用福州話一直說念著：「作孽啊，真是作孽啊！」

那宛如詛咒著自身生命的迴旋哀悼聲音，已然籠罩住整個房間的惡臭氣味，終於讓我堅定地告訴我的父母，說在剩不到一年的聯考日程裡，我無法每日再浪費任何時間在往返交通上，我唯有搬到學校附近去居住，才能有機會考上大學。

母親答應了我認真求學的要求，但我心裡完全知道我其實更是要逃離開婆的呻吟與惡臭。那時我與一個同學合租了一間木地板的房間，夜裡讀完書躺平在木板上，這同學會主動敘述起幻想中他的愛情故事，尤其著重在他如何去摸索觸探那位想像女子身軀的過程。我一邊索然地聽他帶著少年情色肉欲想像的描述，一邊感覺到他同時揉搓著自己下體意圖化解什麼衝動的動作，心裡不自覺地想到依舊獨自一人癱躺在房內的婆，她現在的呻吟與呼喚請求，會有任何人去回應與作答嗎？她還是會哀怨地嘆著氣，一邊喊著：「作孽啊，真是自作孽啊！」一邊自我述說著不如就早早死去、早早可以快活解脫，那樣哀嘆生命辛苦的喃喃私自話語嗎？

「然後，她就發出因為感覺到快活而忍耐不住的呻吟聲音，就像是這樣：啊——啊——啊——地呼叫起來。喂，那個你……那個你還有在繼續聽著嗎？」我的同學忽然側著頭問我。

「有啊，當然有啊！」我立刻回答著。

「你覺得我說的這段情節好聽嗎？」

「當然好聽。」

「那你還想繼續聽下去嗎？」他又問著。

「當然，當然。」我答著。

他繼續望著暗室裡的天花板，一邊敘述他想像中的情色劇情，我意識到在薄薄的床單下，已經全然黑暗寂靜小室裡，他抽搐著下體的手，也逐漸加快地痙攣起來。然後，我聽見他嘆息般深深呼出來的氣息，宛如告別此刻人間地幽長迴盪起來。

越發逼近聯考的時刻，有一天在物理課的半途，擔任我們班級導師的男老師，忽然中途停止正在黑板上的書寫動作，轉身要求我和他一起離開教室。他帶我去到外面的露天樓梯，先奇怪地自己點起了一支菸，然後顯得很清淡平靜地告訴我，早上我的家人打電話來學校，要學校轉告說我的婆昨夜已經走了。

我木然地立著，完全不知道如何回應。也可以說，我完全沒有任何的情緒或感覺，好像在聽著一則與我全然不相干的事情。之後，男老師捻息了他手中的菸，問我：「你們兩人有沒有很親呢？」我先是不知如何回答地停愣住，然後，就茫然地點著頭。他說：「那你就在這裡自己安靜一下，等到你覺得心情可以了，再回來上課吧！」

我後來還是回去繼續上課，覺得耳朵籠罩轟轟然的聲響，但是竟然感覺不到任何一絲悲傷的感覺，只能絕望地趴伏在桌上。下課時男老師過來撫著我的肩膀，告訴我：「放輕鬆，你不如現在就請假回家去。然後……你等這些事情都結束了，再回來上課吧！」那時我才忽然有想要嚎啕大哭起來的衝動。

我後來果然順利考上了某私立大學的建築系，也立刻搬去到學校附近住宿就讀，覺得自己好像正式告別了什麼不想被牽扯的記憶，或是終於從什麼泥沼中脫身出來的感覺。

那次重新回去婆來處的福州，見到她從來出生長大的葛家大院，某個程度地震撼了我的所有記憶，讓我彷彿再次轉身見到婆的現身出現，用一個我從來不熟悉也不明白的身影走來。我一直無法真正地看清楚她的生命，婆讓我有一種奇怪的侷促不安，她像一道影子那樣隨行著我的某一部分生命，是一個無法揮走的奇怪魂魄，讓我不覺懷抱某種被長久銘刻的愧疚與欠缺，好像我生命的某一塊拼圖，在某個無聲的時刻，已經被她何時悄悄也無語地取走了。

因此，我知道我永遠不可能再回去到童年的某些時刻，也就是因為婆依舊活著而得以存在的某一段童年，那樣有如私己記憶般無邪、卻似乎又能夠知曉一切的天真狀態，是永遠不會再出現回來了。

對了，表叔後續又寄來特別敘述著葛家大院來去脈絡的那一封信結尾，忽然就轉筆朝向現在的我，他這樣寫著：「研究了數十年各種建築的姪子，同時作為一個資深的建築評論家，不知對這樣一個古老的建築的命運，能說些什麼話嗎？」他甚至在這封信的開頭，還另外加上一個奇怪的標題：「一座哭泣中的老宅」。然而，像這樣有些過於露骨的敘述方式，讓我有種被強加某種目的意圖的壓力與厭惡，彷彿曾經發生過的所有家族榮光、衰敗與記憶，此刻不免都淪為一種現實的算計鬥爭，以及突然加到我身上的承傳責任，因此不覺腐化成既且陰森也空洞擾人的重複回音。

並且，每每這樣去回想這些點滴往事，我就彷彿又會再次見到婆現身來，再次以著朝向空無的怨懟聲音，低聲呢喃著：「作孽啊，真是自作孽啊！」這讓我忽然想起來婆每日臨睡前洗腳的景象，她那被裹腳布一層又一層捲繞住、扭曲也變形的蒼白腳掌，那樣顯露出奇怪與醜陋形貌的腳掌，此刻竟像是忽然開口來對我說明陳述著，她這樣不知因何與因誰而活著的一生，恰恰有如這樣一生變形也無從見過天日的腳掌，也是承載著一具絕對真實的靈魂與骨肉的啊！

2

童年：記憶與夢境

有一些記憶時空會悄悄出現來，一如夢境裡那些不明所以的場景，讓我覺得既是陌生也熟悉。但是，我全然分別得出來記憶與夢境的差異，一個是必然帶著溫度與撫慰的迴旋曲，一個則是有如永遠凶險與難測的惡意恐怖電影，一個斷續漂浮，一個迷幻詭譎。

我有時會思索這樣來去難料的相異時空景象，究竟對我生命的意涵為何？難道夢境是以著預言者那樣的讖語籤條，想對我發出現實景況的警示嗎？或者，夢境其實是來攔我躲避離開纏人此刻時空的神祕階梯呢？我有時會在夜半忽然從睡夢醒來，方才夢中正且親歷的古堡城牆或迷途街道，都還是清晰明亮地歷歷環身不去，我只能絕望也哀傷地望著全然黝黑的天花板，用上排的牙齒專注地咬住自己的下嘴唇，告訴自己並不用害怕，現實的一切並尚且未棄離我而去，那熟悉的世界還依舊貼膚存在環圍。然後再閉上雙眼，有如潛沉入什麼無底深淵，讓自己重新凝聚起勇氣，繼續漂流進入那個未竟的迴夢裡。

記憶也同樣會無端地自己出現來，像是個神祕又乾淨的禮物，從雲端緩緩降臨下來。即令，有些記憶會刺戳到我的痛楚隱處，但我卻不會懷疑這樣訊息的本質好意，有如母親幼時用湯瓢餵食我，對於那個在她手中緊握巨大碗裡，完全不明所以的黏稠食物，我必然懷抱著十足的信心與期盼，張口毫不懷疑去接納與吞食下去。

是的，記憶並不會蘊藏任何惡意與陷阱。至於那伴隨著記憶出現的時空，卻都有著舞台布景般看似臨時搭建的虛假感覺，儘管顯得華麗也栩栩如生，但就如同每個買票入場的觀眾一樣，我們其實都完全知道華麗布景的後面，就是空無一物的暗黑世界，它們是為了這場記憶的演出，所臨時搭建出來的布景，並沒有可以長久留存的價值。

所以，記憶與夢境都在無情地告知我們，眼見所見的一切，必然不會久留或停駐。因為所有記憶與夢境的演出，最終都只是為了獻給某個隱身神明的一齣戲，而我正巧是在那台下看著戲、也全然入戲的唯一觀眾。

我今天正好閱讀普魯斯特共七卷的《追憶似水年華》，放置第四卷的〈所多瑪與蛾摩拉〉。在書中談及的記憶與夢境，完全驚駭地擊中我的此時狀態，好像忽然感覺到一百多年前寫作此書的普魯斯特，根本沒有一時刻離開遠去我的身心，他的魂魄一直籠罩盤旋在我此時紙筆與手腦的上空。

普魯斯特在第四卷的書寫，談到了夢境與現實生命的神祕關連，他提到記憶經常被作為某種意識與人格慣性的理性執行者，甚至往往就是睡眠時自身思想發展的惡意終結者。他這樣寫著：

對沉睡者而言，睡眠所流逝的時間，絕對不等同於清醒時，所完成的生命經驗。一旦搭上睡眠車輦，我們下到深而又深之處，回憶不再與睡眠者會合，深淵裡，思想被迫走回頭路。睡眠車輦與太陽馬車雷同，在一種氛圍中前進，步伐如此一致，任何抗拒力都擋不住，需要某一小顆不為我們所知道的隕石方能擊中規則性的睡眠，將車輦以急速彎曲的弧線帶回現實，快馬加鞭地奔馳，穿越與生命毗鄰的區域——在那裡，沉睡者不久將聽見屬於生命現實的雜沓聲響，近乎朦朧。我們睡眠中的念頭被一大塊遺忘之布席捲奪走，時間還不夠讓睡眠中的思想回過神來，睡眠就停止了。

普魯斯特在《追憶似水年華》最後一卷〈韶光重現〉，甚至還暗示那個隱身的神明，其實就是「寫下藝術性的作品」這件事。他是這樣說明記憶與寫作的關係：

> 一盞光芒重新在我裡面發亮了，當然這道光芒較不明亮，不像那盞光芒，讓我看見尋回「失去的時光」唯一的方法，就是寫下藝術性的作品。我明白了，文學作品所用的這些材料，是我的過往人生，我明白了，這些材料來到我面前，在我享有輕佻愉悅的時候，在我疏懶無力的時候，在我柔情似水的時候，在我痛苦不堪的

時候，它們都被我一一收藏在我裡面，我並揣測不到它們所注定導向的目標，甚至也揣測不到它們是否會倖存，更想不到種子把所有的養分保存著，有朝一日將可滋養一棵樹。宛如種子一般，當樹開始成長時，我可以提供養分，我的過往經驗可以為它效力，我卻是不知道，我不知道我的生命竟然可以與這些我想要寫的書本發生連結關係，從前當我枯坐桌前，為了寫這些書，卻是找不到主題。因此目前，我的一生，是可以、同時也不可以用這個標題一言以蔽之：「一生職志」。從某個角度來看，如果文學沒有在我的生命當中扮演任何的角色，我的人生是不能用「一生職志」這個標題來簡要說明之。我的人生之所以可以用「一生職志」來簡要說明，其原因，是我的人生有著憂傷和喜樂，它們的回憶形成了類似駐留在植物胚珠內的胚乳，胚珠吸收胚乳所儲藏的營養，好轉變成為種子，在這期間，雖然我們仍舊渾然不知，然而一棵植物的胚芽正發育著，而這裡正是發生化學變化和呼吸現象之處，雖然在暗地裡進行，卻是非常活潑有力。

簡單地說，記憶是讓人得以剎那間就徜徉入裡的春日花園，我欣喜地尋索那些躲藏在枝椏間，即將冒發出來的大小芽苞，那是歷經嚴冬的掩埋與覆蓋，依舊堅持不放棄的靈魂，在終於愉悅鬆暖的此刻時光，才決定堅定綻放出來的含苞話語。因此，每一個字句與影像，都以著自己的獨特姿態盡情吐露伸展，每一朵花蕊的綻放，都有著千絲萬縷的情意連結，是諸多的生命斑斕與拓痕，終於在歷經過幾番季節輪轉，終於能夠在長久堅持後，自我選擇是否顯身的嫵媚景象展現。

夢境和記憶十分相似，卻又截然不同。夢境善於竊取記憶的戲服，卻堅持演出自己奇異的戲碼。也就是說，夢境從來就是那莫名的兀自介入者，總是在不預期的時空裡，闖入我不能設防的沉睡狀態，讓我難以真正分辨這樣來者的善惡意圖，又因毫無掌握劇情的自主能力，只能任由夢境情節擺布，有如被迫驚懼不安地走入一條陌生的山徑，對眼前將臨的每一個路口轉折，都充滿未知的好奇與遲疑，是不能自主的一趟又一趟疲乏的行旅。

然而，夢境裡顯得陌生的一切，又總讓我感覺到一種奇異的熟悉感，彷彿正在重看一部已遺忘的老舊電影，依稀能夠記憶起來什麼情節與場景。但是，卻又追尋不到一枝一葉可以纏己相連的確實證據，像是不小心踏入某個平行時空外的另一個自我生命場景，明知自己已然在那個時空裡迷途，卻又難以抽身回返來，只能惶然不安地一直緊張並焦躁著心情。

記憶與夢境看起來極其相似，因為二者都是又真實又抽象，既像是允許我們旁觀不相干的戲劇演出，也彷彿又是什麼奇異預兆及莫名警訊的密碼傳達者。而且，這二者同樣具有的特質，也就是某種不確定性與必會快速地墜落消失，也都讓我聯想到死亡的逼臨盯視。

是的，記憶與夢境總會讓我想到死亡。

我母親說懷孕我時她病得很重，她信任的老中醫說這是胎兒脾氣的緣故，沒得醫治也難以預料，勸她先保住自己性命，胎兒不如就拿掉安心點。母親和虔誠基督徒的父親商量，決定聽從老醫師的話，打掉這個隱隱成形的胎兒。但是，就在那同個晚上母親作了一個夢，母親說在夢裡一個白鬍鬚老人雲霧裡走來告訴她，孩子千萬不可以打掉，你也完全不用擔心會有任何危險，這只是孩子天生的脾氣起伏，一切都會平安無事的。

所以，我生來就特別瘦小安靜，不像是與我年紀直接相連的兩位兄與弟，他們嬰兒時都強壯活潑也巨大，甚至各自得到小鎮的健康比賽冠軍。我卻宿命地屢次掙扎在死亡的邊緣，彷彿從沒有真正得到能成為生者的許可與允諾，一直只是在白鬍鬚老翁的遠方庇蔭與安撫下徘徊留存，只能盪鞦韆般游移在不知生死邊界何在的半魂魄狀態。

因為幼年體弱的關係，我自然就成為一個陰影般存在的旁觀者，我安靜地觀看著周遭世界的一言一行，甘心化為一隻介於動物與植物的無名生物。藉此，我同時得以清晰觀看著我自己的肢體移動，像觀看幼時我與家人及鄰居多戶人家共用的那間大浴室裡，那一只總在陰暗潮濕空間中匍匐蠕動的什麼軟體暗色蟲仔，完全遺忘時間般地緩緩自我舉止。

並且，我全然相信我並不是單獨一己存在，另外一個與我併生出來的肢體與魂魄，一直游移在我的鄰近身側，我們生來就是雙生難於分離的一對天使，一直共用同樣一具透明的白色羽翼，既是無法分割也無法單獨飛行，注定互為彼此的明燈與影子。

某個原因地，我相信我的沉靜不語就是一座保護傘，讓我不至於讓命運的某個掌權者，以著類同那個老中醫師的診斷結論，決定將我從尚且未能成形的模糊軀體狀態，有如在如廁後使用沖水馬桶那樣，只用一個按鍵就順著水漩渦的沖落消失去。我一直猶如闇啞者般輕盈隱匿地活著，不說話也不哭鬧，只是希望沒有任何人注意到我的存在，包括我慈愛也總是忙碌著什麼的父母，經常是直到他們訝異地想到竟然忘了我的餵食，或是沒有及時為我替換濕汙已久的尿布，然後才責怪兼讚嘆地大聲說喊著：

「啊啊啊……怎麼又會這樣忘記了呢，真是該自己打屁股的啊……可是，可是你這個小孩怎麼會這樣，竟然餓了也不會哭，想拉屎拉尿也不吭一聲的，也實在太乖巧神奇了吧！難怪只要轉身一忙別的事，好像就會根本忘記掉居然還有這個嬰孩的存在了啊！」

我的情人對我這樣離奇的童年，總是表達出不能理解的好奇心，他不相信有這樣的嬰兒存在人間。但是，我卻不怎麼在乎情人他的反應，我也絲毫不太關心情人的童年記憶，我只喜歡聆聽情人的夢境，彷彿那才是我們可以共享的現實旅程。然而，我有時卻會對情人欲言又止地、遲疑著究竟要不要對他說出來我真正的童年記憶，雖然我並不相信他可以真的理解這一切，那畢竟是只能經由我耐心去召喚梳理的片段零星記憶，也是唯有我才能拼貼出來的一幅模糊難辨的影像。有如我們把那個擁塞滿陳舊物件的木抽屜，終於支支吾吾拉拖開來，一一掏出灰塵滿布的各樣物件，小心擦拭清潔並閱讀已然帶有風乾腐臭氣味的這些小物件，聆聽著它們的各自生命印痕，並使用有如插花與布置盆景的合宜方式，將它們顯得紛亂零碎的故事，重新組構成一幅即將可以戲劇演出的背景布幕，然後看著熟悉的自己開始在戲劇中認真演出，以及看著自己感動入戲地為自己鼓掌並依依不捨地謝幕，再把這些記憶葬禮般安置回去那個同樣的陰濕抽屜裡。

情人的記憶絲毫不引人，但是總是不能安然入眠，又會反覆被噩夢繚繞或被夢魘壓身的事實，屢屢在我們日常生活裡發生。有一次，他夜裡大汗淋漓地醒來，驚駭告訴我剛才作了一個噩夢，就是他的意識雖然已然清醒，卻發覺四肢身體全都被困鎖在夢裡，完全無法回到來此刻的現實時空，只能眼睜睜地看著自己被自己的夢境凌遲。我告訴情人說你絕對不可以害怕，夢境只是充氣的惡魔玩偶，你必須要對那現身的惡靈顯露凶狠，儘管肢體此刻全然受到牠的制壓，你還是要用你的嘴大聲地怒氣斥責牠。情人說應該要對牠斥責什麼呢？我說你就大聲地叫牠快滾蛋，你就瞪著牠吼說：你滾蛋啦，你去死吧！但是，我並不知究竟要對誰去吼叫，因為牠始終沒有正面以清晰形象現身出來，情人又說著。喔……是這樣嗎？所以……你根本完全沒有看見過牠的真實模樣嗎？我問著。是的，我完全沒有真正地看見牠的模樣，情人說。喔，真的會是這樣的嗎？但是……無論如何你就是不能示弱啊，你一定要凶狠到讓牠覺得害怕，我堅持地說著。好的，這樣我知道了，情人說。

詛咒總是有效的，即令是惡靈也害怕怨毒的詛咒。但是情人不喜歡我去對別人說起這個事情，他覺得這是一種殘缺者的軟弱證明，我並不會這麼認為，也完全不在乎別人怎麼想。我覺得認真地將所有纏身的惡意逐走，並不是什麼被證明的自身殘缺，那是一個人的基本權力與本能，是本來就該去做的事情。情人說：但是但是，你也有你自己奇特的缺陷與弱點的吧！我問他說你現在是在說什麼呢？他說譬如你為何眷戀著觀看那所有與野生動物相關的紀錄影片，尤其會沉溺愛看牠們彼此相互廝殺吃食的過程，你其實也根本是一樣的邪惡與幼稚，那就是你的殘缺與弱點，情人說著。為何你會忽然說到這完全不相關的事情，根本一點邏輯也沒有，我生氣地說著。

真的，我們兩人實在太不一樣，根本完全不該在一起，情人總是反覆這樣說著。那現在該怎麼辦呢？我問著。可能沒有辦法了，一切都太晚了，他說。那也許我們可以假裝我們其實很相像，或者假裝我們根本從來並沒有在一起，就是我們不斷告訴自己說：一切其實都很美好的。然後，可能真的一切就可以很美好了，我說。這怎麼有可能？你總是愛胡說八道，他說。

也許，我的童年記憶與情人的夢境一樣，都魂魄般不停地追逐著我們此刻的生命，這二者雖然看起來似乎有些相似，其實是兩條永遠平行的世界，永遠難以相互理解溝通，更是無法與任何的不相干者分享，像所有失敗的戀情以及逝去的季節一樣。

也許，也許……情人就是我那雙生的隱身天使。

只是，我一直以為我自幼小不斷穿進出入的那個夢境世界，其實是可以和大家共同享有的同樣一個時空。也就是說，我以為這一個世界的組成結構，就是由我們日日眼見的現實世界，與夜夜各自入夢的虛幻世界，二者一起構成組合而成的。後來，我逐漸發覺每個人的夢境世界其實都不相同，每個人都有一個與自己單獨連結的夢境時空，完全就是獨立地在自己的夜裡，各自現身與運作。我於是也不禁開始懷疑著，會不會其實就連我們以為完全可以眼見為憑的所謂現實一切，根本也不盡然是以同樣一個共同認知的樣貌，存在於我們的意識裡的呢？

如果我們的腦子可以在每個夜裡，向我們呈現出一個完全可信的完整時空現實，難道腦子在白天就不會照樣地去操作，同樣來影響我們的心靈感知嗎？如果我們以為彼此都是處在同樣的時空狀態裡，有如看著同一個螢幕正上演的同一部電影，渾然不覺其實我們正看著各自分歧生長的劇情，也各自為自己的劇情在歡欣或落淚。那麼，這終究會是可喜或是可怕的生命情境呢？

所以，我們其實根本是不自覺的漂流者，卻一直以為自己已經在一塊岩石上面生根固定住了。也就是說，我們根本是由破碎零星的記憶與夢境所組成，卻一直以為自己始終與所謂完整也連續的某個現實牢牢相依。

我也有過多次這樣恍如河水溢流出去的生命經驗，就是忽然發覺你的意識（或是靈魂）開始不受規範地遊蕩出去，有時只是在正與人互動過程裡，突然湧現的好奇緣故，就自然漫流進入到身邊某人的內裡，動機也許是基於同情、憐憫或隱隱被對方鼓勵，然後你忽然感覺到一種對於那人內裡的明白與清楚，好像可以穿過濃稠雲霧的屏障，剎那間清晰地望見那人內裡的所有一事一物，像是走入了一個禁忌的花園，看見了所有花草樹木的隱身祕密。

有時，會動念想離去得更遠，像是一個決心離家的漫遊者，踏出去那不曾走過的荒草路徑。然而，我真正不經意地初次漫遊出去，半是因為好奇、半是因為精神的緊張，那是我小五伴隨著舉家的搬遷，從屏東轉學到台北的時候。就在一個夜裡獨自睡覺時，長期躲隱難察的內在靈魂，就忽然離開了自己，輕盈飄著向上飛離去，然後發覺自己像一團什麼鬆弛的雲霧氣息，被阻擋停滯在臥室的天花板下方，我完全可以清晰地看見自己還躺臥在床上熟睡的模樣，然而此時那個熟睡中的肉身自己，卻已然是一個與我不相干的陌生者，我完全無從去感知他的所思所在。

現在想來這一切的發生，都與我突然進入如此陌生的台北大環境有關，我意識到自己在某個剎那間，突然脫離我唯一熟悉的那個小鎮時空，像是被誰近乎暴力般地拋擲入一個全然陌生的世界裡。我感覺到這個新環境，似乎有著某種對我不友善的拒絕態度，而我對這新臨的一切完全不知所措，就在那慌張的時刻，想試著給一個不算真正熟悉的小鎮鄰居小孩寫信，有點像是在茫然的奔流江河裡，拋出一個呼救的繩索，期待能得到什麼可以回應我當下困境的音訊，但也全然不知道我期待的回收音訊，究竟應該是什麼。

然後，就日日盼望著回信的到抵。終於一天收到對方一個明信片的回信，在短短的書寫篇幅裡，那個只大我一歲的鄰居男孩，並沒有接收到我隱抑含蓄的呼救訊號，他只是認真地告訴我犯了一個錯誤，就是明信片的收信者，其實不可以用「啟」，只能夠寫「收」，因為明信片並沒有任何信封可開啟。我感覺有如走到死路般的絕望，自此就沒有再試圖去與我過往的童年夥伴，重啟任何互通連結，死心地把這一切都塵封包裝起來，置放入扣鎖起來的抽屜，不再試圖去回顧與梳理。

但是，我也沒有什麼失落的感覺，就是死了心那樣地轉頭走離去。

更早以前，我就一直有著不知要如何與人正常結交來往的困惑，也就是我並不覺得我需要去和人說話，或者需要試著很推心置腹地與人去交換什麼訊息與祕密。我就是單純地想在人群中存在並站立著，沒有覺得自己因此孤立無依，也沒有意識到有需要特別與任何人牽手連結，這是我生來一直使用的呼吸方式，從來覺得自然而然也理所當然，完全不知道還有什麼其他更理想的呼吸方法得以存在。

在我十歲搬離開屏東小鎮前，這一切似乎沒有什麼大問題，因為在父母與師長的眼中，我這樣顯得奇異的舉止，包覆在我絲毫不會惹是生非、同時學業也顯得優秀順利的狀態下，依舊是可以被大家接受的。而我的家庭當時在鄉村小鎮的環境，顯得耀眼殊異的經濟及文化條件，也得以提供某種支撐，讓我沒有被他者以不合群或是孤僻去排擠的情事發生來。也就是說，我一直以著沒有任何真正親近的朋友關係，這樣疏離奇特的方式，悄悄度過我安靜無語的童年。

搬到台北後，我們住進一條應該都是外省籍高級公務員的巷弄，巷子每戶都是有著獨自院落的日式獨棟住宅，並且都有著頂端鑲嵌著尖銳玻璃片的砌磚高牆，以及大半都是漆著紅底白橫條紋的雙開木門，許多家戶在大門的後面，甚至備有私房的專用三輪車與車伕，這與我所來自南方小鎮的景象，完全迴異也無可交流呼應。

應是一心希望我們能順利融入到一個他所想像新世界的父親，其實並沒有真正理解到這一切並不如此容易，在那初抵台北的整整一年裡，我完全沒有能和任何鄰家的小孩說過話，也沒有結交到任何緊閉大門後的鄰居人物。我們所居住的那個日式屋子，雖然顯得精巧別緻，其實完全容納不下我們一家九口，這包括我的祖母、爸媽和六個小孩，甚至還有另一個不到二十歲的小女傭人，所以我們年紀最小的四個小孩，只能都擠進去一個小小臥房的兩個木製雙層睡鋪。

我還記得原本陌生的小女傭父母親，如何在我們正慌亂整理預備搬家的時候，牽著這個瘦小的女孩來到我家，苦苦哀求我父母能攜她一起上到台北的神情，他們似乎把女兒的一生託付給我們家了。後來第一年還沒有工作滿期，女孩就決定離開去到鄰近縣市的什麼工廠去工作，她其實是某一天忽然就留下一封信，並且消失離開去。母親十分生氣她如此的作法，有著被什麼承諾者背叛的憤怒，最後她的叔叔帶著她回來道歉，她流著淚表示一心只想去工廠工作的願望，我的父母對那時正迅速興起，並積極徵求人手的那些加工廠一無所知，雖然有些擔心也覺得生氣，卻也不知如何勸阻她的終於離去。

那一年，我會花比較長的時間在院子裡，假裝對於花草有著特別的興趣，其實我是感受到屋子裡的人與空間都過度稠密，以此藉口好避開其他的家人。屋子的前後院並不大，尤其前院就是左右兩長條的空間，而且在讓我們一家人覺得意外驚嚇台北竟然如此寒冷的那個冬季過後，我注意到前院一株枝葉碩大的杜鵑花，開出滿枝燦爛的桃紅花朵，這是我在南方從沒有見過的美麗花朵，竟然能夠在寒流如此反覆交夾的絕望時刻，依舊無畏地陸續開放著，這令我全然地震撼也著迷。是的，我完全被桃紅色澤的花朵，布滿全部枝叢的華麗景象迷惑住，每日早晚都要去頻頻看視，並私底下在一旁小心地埋種下去一小把綠豆，那也是學校自然課程所分派的作業，但因為我不知道開始冒芽後的豆子，其實是必須另外小心分植開來，最後就看著綠豆芽苗伴隨著杜鵑花，一起凋落地垂倒死去。

就是那時，我在夜裡藉由魂魄離身的好奇遊蕩，終於一夜勇敢漂浮跨出臥室木製平台的窗櫺，清晰感覺到外面穿流來去的冷凜空氣，並小心地俯瞰著小小庭院裡、我本來就熟悉的一草一木，彷彿那是我唯一能相依的家人族裔。有時，我也會攀凌踏上紅磚牆頭的尖刺玻璃，探看出去整條幽暗冷漠的巷弄，幾盞熟悉的路燈明暗閃爍，有一兩隻野貓迅速地嘶嚷竄走過。而我的魂魄依舊猶疑著這個陌生世界的善意是否存有，因此在這樣繼續的遊蕩與返身間，終於還是轉回去我的雙層床鋪，像我的兄弟與妹妹那樣彷彿無事地安然睡去。

我有時會想著，若是我那時選擇鼓起勇氣，讓我已然有著羽翼的那魂魄，自在翻牆出去遊走，那麼我現在會是另個模樣的人嗎？會不會就像是我自小在童話書裡讀到那些離家的孩子一樣，他們或者就是遇到了專門會吃食小孩的大野狼，或者會被某處喬裝善心的惡毒後母收養並虐待，或者是遇到和自己長得一模一樣、也只是因為好奇心的驅使，而偷偷地離開王宮的小王子，並且彼此遊戲地悄悄交換了衣服，自此也轉換交錯了後面的各自所有人生。

我後來對於自己這樣每夜在前院子的漂流遊蕩，開始感覺到某種不知終點究竟歸於何處的害怕，終於自我制止了這樣全然屬於我的一段生命時光。那是我初次感受到對於外在世界的恐懼，也就是說，我開始意識到這個龐然的外面世界，是我的靈魂必然最後會漂流進入的那片大海，同時我也清楚地自我明白，大海並不會因為我選擇了孤獨與沉默，因而讓我擁有得以不需要介入這個世界，或者也不讓這個世界任意干預我生命的個人權力。

我因此知道我必須要試著與別人說話，並且必須要看起來像是真的有幾個正在來往的好朋友，我必須學習如他人一般地過活著。後來，我才明白我所轉學到台北的這所小學，恰恰是一個全然自由開放的教學環境，學生們被鼓勵能夠自信地表達出自己的形象模樣，也沒有任何的體罰與言語暴力，我其實是非常幸運地被安置在一個相對健康自信的環境裡。我因此得以稍稍鬆弛了我與世界的緊張邊界，但是我的內心裡卻也十分清楚，我其實還是懷念著那更早之前，沒有任何人會注意到我是否存在，我也不用去在乎他人的如何存在，彷彿自己根本身為一個透明人的生命模式。

為了不用與旁人說話，在每節下課的短短十分鐘，我都要特別安排自己的去處，譬如我會假裝想要喝水，必須去到很遠的地方取水，或者我就走到老師使用的辦公區，假裝我正要去找某個老師，或是一個人遊蕩進入教室後方、有些陰森圍牆邊的防空洞，一個人躲在裡面不出來。因為被他人環繞的時光，是我最不安也難受的時候，我努力學著能如他人一樣看似輕鬆地彼此說著話，譬如假裝談論昨晚電視連續劇的點滴，雖然那時父親還不願意為我們買電視，或是一起竊笑那個天天穿旗袍的女老師，每次在寫黑板時會從腋下蓬聳出來的黑色體毛。

但是，我內心從來沒有一刻真正平靜與安寧，我每天就是等待可以終於放學回家去，可以有一個安全坑穴躲藏自己。我在這間小學就讀了兩年，讓我從原本彷彿有著透明蛋殼保護的狀態，忽然地進入一個其實有些過於成熟的小社會，那裡的孩童們完全聰明也活潑，我僅僅是望著他們的舉止言行，看著他們似乎無懼於這個世界的神色，幾乎就已經潛意識地改變了我餘生舉止的模樣。

尤其，我不記得我曾經上到講台去說過話，對於從來就無法主動啟口說話的我，這幾乎是不可能的一件事情。我們一家人在台北的第二年，搬到了隔著河流的永和鎮，我必須自行搭乘擁擠的公車去學校，有時候我會遇到也和我在同個公車站牌裡候車的班導師，他是教國語課的一個瘦小男子，但他從來不會過來和我說話，我們就像陌生人一樣各自站著等車。他那時會堅持全班每天都必須背誦課文的要求，我忽然有一天就無法背誦出任何字句，瞬時間變成一個有如弱智者的啞巴，這個彷如什麼心理疾病的徵狀，也就是記憶力忽然地空白欠缺的問題，一直到現在還繼續困擾著我。

我記得更小的時候，我對文章字句的優異記憶力，曾經驚嚇過我的母親，她不斷反覆說她親眼看見幼小的我，就一人獨坐在小板凳上，自己拿起粉筆在家裡的小黑板上，一口氣地邊念邊寫出來所有的注音符號。而且，因為我那時的年紀實在太小，也根本沒有人試圖教過我這個，她用得意的語氣說：

「這小孩不知道是從哪裡學來這樣奇怪的本事，居然可以全部沒錯地寫出所有的注音符號來，這些根本並沒有誰人曾經教過他的啊。」

我一直相信她的說法，也親眼見到這個傳說中獨特的奇怪能力，在我轉學台北後如何迅速地崩解，有如看著自己用手捧著的一只精美瓷碗，忽然間滑落出手掌心，瞬間在眼前碎裂的感覺。是的，那是一種不可回復的時光與意識，終於在什麼惡意者現身並撕裂一切後，世間一切從此都成了不可迴轉的單行道，再沒有任何得以讓我遊蕩與迴旋的機會。此後，生命就是只能等待被各種怪異的農具，依序犁耕過去的乾旱田畝，我沒有選擇地如所有人那樣，被一道道的農具耕作並種植下去，世界成了只能等待被他者收割的扁平無趣形狀。

我相信那就是我生命真正開始岔途改道的分水嶺，然而沒有任何一個人察覺到這個事實的發生。就像是一條無人知曉一直靜靜淌流的小溪，忽然被迫加入到某條奔騰的大河流，那樣微小命運的因此巨大轉變，以及這整個世界持續對此的無動於衷，依舊震撼著成年後我的心魂。我想到那個其實大我沒有多少歲的小女傭，她和我在同時間離開了她的父母與家鄉，她並且隨後毅然跳入一個更大的陌生世界，她在過程裡顯現出非凡的勇氣，並不像我一樣只能在深夜的牆頭上瞻顧徘徊，還終於捨棄掉這個不知是誰的好意，所賜予我靈魂的一雙羽翼，膽怯地悄悄回返到那個我從來就沒有喜歡過的雙層床鋪，她只是有一天就不害怕地自己走遠去了。

而且，因為我在夜裡那一瞬間，選擇放棄了這樣飛翔遠去的機會，我的靈魂從此也失去夜裡自由來去的能力，生命成了無法有夢境的永恆昏迷睡眠，有如那被折斷羽翼的傷心雲朵，只能不斷地原處自我迴轉不停。

在我那段最是驚慌徘徊初抵台北的時日，父親一日忽然宣布要帶我們去看棒球賽，父親說：「那是日本來的世界少棒冠軍調布隊，要和我們也從台東知本來的紅葉少棒隊比賽。而且，這是在台北最好的市立棒球場比賽，那可是真正給棒球比賽使用的專用體育場啊！」

我記得紅葉少棒隊的制服是很漂亮的鮮紅色，而且他們那天居然神奇地打敗了來自日本的世界冠軍隊，讓塞滿興奮站立歡呼不停觀眾的體育場，幾乎像是一顆情緒即將滿爆的大氣球。我完全記得彷彿過年一樣歡樂喧囂的那一日球場氣氛，我也清晰記得我熱淚盈眶的感動情緒。

我所以會有著這樣特別感動的心情，尤其因為我就讀的小學，並沒有人會打棒球，他們熱衷我完全不熟悉的籃球和足球，我一方面努力學習這些新穎的球類運動，卻暗暗懷念著在南部小鎮與鄰居打棒球的時光。因此，父親竟然會突然決定帶我們去看這一場正式的棒球賽，讓我感覺到內心的某種光榮與撫慰。

我後來在美術課水彩繪畫時，很用心地畫出了有如鑽石般的菱形球場，以及在上面奔跑打擊的穿著鮮紅色彩衣服的小球員，我覺得他們就是從南方小鎮前來解救我的一群小天使，他們決心以毅力及勇氣戰勝日本來的對手，只是為了要讓我那時的孤單心情得到安慰。

我記得略微白胖的中年美術女老師，一直站在我的身後側，安靜地看著我一筆一筆的繪圖過程，並微微發出來像是贊同什麼的鼓勵喉聲來。我當時以著一種榮光者的心情，想要繪畫出來我曾經記憶的這一個童年熟悉運動，像是要對我那些並不懂得打棒球的同學，以及這一整個滿是不友善敵意的世界，大聲宣告出來我們那一日終於光榮勝利的心情。

然而，就是那樣總是必然會在瞬間消逝去的甜蜜時光，彷如小女傭突兀地決定不告而別那樣，我知道這一切榮光都不會再次回返來了。就像那樣因意外的勝利，而一起歡呼落淚的時刻，或是小女傭穿上母親買給她開襟新毛衣的欣喜神色，這一切動人的神聖時刻，都不會再次回返來了。

我後來就讀台北縣的一所高中，上下學乘坐的交通車會經過許多加工廠，我有時會特別睜張著眼睛，去掃看那些穿著像是犯人一樣藍色或是灰色制服的男女工人，魚列排隊等著打卡進入或離開工廠大門，心中隱隱希望能夠再一次看見那個小女傭的存在，看見她以一種確實已經生活在幸福中的微笑表情，告訴我說她一切都安好。但是，這當然只是愚蠢也多餘的舉動，她不可能就是正好立在那些行列裡的某個人，甚至更殘忍地說，就算她真的此時就站在我的眼前，真的就回頭對我露出幸福滿足的微笑，我真的還可以辨認出來她現在的模樣嗎？

我其實連她更早的模樣，也已經記憶很模糊了，我只記得她肢體很瘦小，看起來總是顯得很害怕，也很少和人說話。第一個冬天的寒冷天氣突然襲來，讓習慣南方溫暖陽光的我們全都驚嚇不已，母親立刻請人為我們每人織了一條毛線褲，然後還特地帶著小女傭和大姊去百貨公司，為大約同樣年齡的她們，各自買了一件開襟的毛衣。我還可以清楚記得那件毛衣的花樣圖式，那是左右兩排貼靠著前胸的扣子、各有直列成串的藍色菊花圖案，我也記得她第一次穿上毛衣時的欣喜笑容。

我知道她和我一樣，都在那次的搬遷旅程裡，忽然踏空了什麼，因而遭受強烈的撞擊震撼，並因為這個突然的轉折，讓生命飽受內在脆弱的踐踏，甚至必須用一生去平復這巨大深遠的波瀾傷痛。那個冬天寒冷難耐的長久記憶，完全超乎我後來見過所有冬季可以襲來的各種冰冷感受，我們因此各自在手腳掌長出難受的大小凍瘡，彷彿什麼惡意詛咒的終於現身，既且是形貌醜惡也極為痛苦難受。

但是，我如今終於開始有些懷疑也逐漸明白，在那個驟臨的寒冬，真正凍傷的可能不只是我們那雙來自南方的手腳掌心，反而更是我和小女傭那樣準備不及的漂流心靈。就是我們都在忽然瞬間，就被現實伸出的巨大雙手，把我們從各自的記憶與夢境，活生生地拍打喚醒拖出來，並如此狼狽倉皇地顯現各自身姿的餘生模樣吧！

情人又忽然現身出來，帶著詭譎的表情，問我：

「所以，你現在弄清楚記憶與夢境的差別了嗎？」

我有些驚慌地回答說：「當然，夢和記憶從來就是不一樣的啊！」

「是怎樣的不一樣呢？」情人逼問著我。

「他們是互相獨立的兩個世界。」我吞下嘴裡的口水，沉住氣地繼續說：「就是，一個是能帶你走入未知世界的明燈，一個是不斷映照出你真實形貌的鏡子啊！」

「所以，記憶是鏡子，然後夢境是明燈？」情人又問著。

「是的。」我篤定地回答情人。

3

小舅媽：愛情的陰謀

有些童年時匆匆見過的女子，會日後繚繞般地浮現出來，我原本不解這樣相互生命僅僅短暫擦身的人，為何卻會屢屢在我的記憶裡現身，時日久了以後，終於我逐漸明白是她們在某瞬間流露出來的某個表情，讓總是站立一旁凝視這一切發生的我，感受到一種潰堤般的巨大哀傷。正就是那樣瀰漫著什麼未解的悲傷情緒，震撼了還不能理解世事因何會如此的我，並因此用我一生的記憶來反芻，試圖化解這樣的困惑與謎團。

她們所以如此哀傷，通常始於某一刻的自我選擇與追隨，而這樣有如宿命的信任，又經常通過著迷於某男子的愛情誘導與表演。幼年的我並不能理解這一切的機緣或必然，但是我總是記得那些女子的哀切失落神情，那有如剛被利刃劃切過的錐心血滴，莫名染紅了長久不去、我同樣哀傷繚繞的記憶河流。

譬如，我小舅與他忽然從鄰村娶回來的小舅媽，忽然就現身我幼小的生命裡，也是這樣的突兀淵源，讓我長久一直記得這個小舅媽的影像。我母親當年在戰亂倉皇的時候，依照我外公的交代安排，讓身為長女的我母親先攜帶著兩個弟弟，一起從福州避難來到台灣，這兩人就是我的二舅與小舅，我大舅先前因為加入抗戰青年軍，據說人在東北打仗生死不明，還有一個更小的四舅，年紀太小外婆捨不得放他離開身邊，因此沒有能夠跟到台灣，我也一直沒有見到過。

外公經營刺繡工廠，本來和台灣有生意往來，認為先去暫時避開戰禍，等日子平安再回來相聚，應該是萬無一失的安排，沒想到從此成為斷絕難聯的關係。因為戰爭一度失聯的大舅，竟然輾轉從東北來到台灣，並且和母親一樣任職省政府公務員，二舅選擇投考入警察學校，順利成為一個駐守台南的警員。

母親以長姊若母的姿態，安排照顧著她幾個弟弟的細節，唯獨這個據說長得最是白晰秀美的小舅，一直無法也不願意將自己安置入大姊的所有安排，只像一朵輕快的雲朵、繼續過著漂浮無依的自我生活。最後，自然住進我們在南方小鎮的大家庭裡，安靜無波地在我父母的庇蔭下，有如輕盈透明的一片浮萍，什麼都不驚擾地出入作息。

一天，從相鄰村子帶回來相戀的女子，宣稱他的愛情與婚姻的誕生。母親為他們安排了一間寬敞的獨立房間，而我們當時所居住整棟員工宿舍裡的所有小孩，都想從窗玻璃去偷窺他們的新婚生活，像觀看動物園裡新來動物的舉止，這自然引來小舅的吼罵與追趕。然後，外表俊秀的小舅依舊沒有出去工作謀生，會一如既往地忽然消失幾日，讓每日小心妝容行事的小舅媽，逐漸呈現出來焦躁與不安的情緒。

母親不贊成已婚的小舅媽一人出門逛街或進去戲院看電影，還沒上學也不愛說話的我，經常成了指定陪伴小舅媽外出的人。我們兩人都喜歡這樣的共行關係，彼此間並沒有特別交換什麼話語，但是我單單就是握著她的手，呼吸她出門前新噴的香水，就有著一種相依共行的幸福感受。

每天日落前她會幫我洗澡，有一次忽然問我：「你長大以後會要結婚嗎？」我茫然地點著頭。她又問：「那你會想要生小孩嗎？」我還是繼續點著頭。她就開心地笑了起來，說：「那你的小孩要叫什麼名字呢？」我難為情地低下了頭，隨口說了某個我知道學校小孩的名字，她就止不住地一直笑著笑著。

之後，他們夫妻就常傳來爭吵的聲音，有時還會伴隨著小舅媽的哭泣聲，我父母只皺著眉頭沒有說什麼，空氣中醞釀著什麼不安的氣氛。然後，在一個夏天的午後，宿舍所有家戶都全然處在午眠的寂靜裡，那是屬於蟬鳴與熱浪的喧囂炙人時刻，忽然小舅媽的尖叫聲，劃破了四圍的寂靜，我見到她赤足倉皇地衝出房門，並且迅速跑過去我的面前，小舅立刻隨後地追逐了出來。她一面嘶嚷著一面奔跑，轉身衝進到我母親正在午眠的大廳房，並轉身扣鎖起來那座沉重的木門，此時人被擋在門外的小舅，手裡拿著廚房裡的菜刀，用力地重複劈砍著那道木門。

兩人隨後迅速消失出我們的生命，我聽說小舅被送入有如監牢的精神病院，並且身體一直無恙地終老在那裡，小舅媽隨後搬回去她自己的家鄉村子。從此，我就不曾再從日常生活與家人口中，聽到關於他們的任何事情，彷彿他們其實並沒有真正地存在過，我也並沒有真正和這兩人有過生命的交際。有時我甚至會覺得，我對於他們的所有記憶敘述，可能完全無異於我魂魄在夜裡遊蕩出入時那些莫名的幻影與夢境。

但是，小舅媽喊叫並奔跑著的驚恐神情，卻像一幅巨大的繪畫圖像，或是電影銀幕裡的什麼驚聳駭人影像，會反覆地自動播放出來，從來沒有被我在餘生的任何一刻忘記去。

我三十多歲的時候，因為工作轉換的關係，從芝加哥忽然搬到絕對陌生的鳳凰城，並有如在懲罰自己什麼過錯似地，過起了孤獨律己的生活，這與窗戶外面顯得無際荒涼的遠處沙漠景觀，共同形塑出我那時一種薄霧般的生命迷宮狀態。然後，我忽然又想起來小舅媽的驚恐表情，我終於明白她在那一刻的惶恐心情，以及她曾經受難般的未盡愛情和生命處境。我立刻著魔地提筆寫出來一個短篇小說，當然蓄意地添加了一些其他虛構的情節，譬如設定小說中的女子，為來自客家鄉村的異語者，因為我依舊害怕是否會被存活的什麼人，辨識出來這個故事的原委底細。

這一篇在鳳凰城寫就的短篇小說，收錄在我隨後出版的第一本小說集，那是我從美國回來台灣的第一年，那時我被以建築界新銳的身分看待，在文學界我還是一個陌生的局外人。後來有次機會參加一個朋友的畫展活動，畫家朋友預告說我敬仰的七等生也會到臨的訊息，我當日緊張在現場遞送這本小說給七等生，然後立即轉身自己消失去，如此直接面對自己年輕時的文學偶像，讓我全然慌張也不知所措。

隔了大約半年後，在一次眾人聚餐的場合，不經意地再次遇到七等生，他主動喚我去坐到身旁，對我款款說起對於這篇名為〈曾滿足〉小說的喜愛。甚至，日後再次收錄這篇入我的第二本小說集時，他還單獨地為〈曾滿足〉寫了一篇感言及評論。我記得在閱讀時的顫慄與感動，我完全沒有意識到這個源於我私己記憶的故事，竟然可以讓絲毫不相關的其他人，尤其是我所敬重的前輩作家，也能有某種相同心情的觸動感受。

我抄一小段七等生的文章，作為這段記憶的一些補充。他寫著：

「有鑑於作者在小說中創造了一個不朽的人物——曾滿足——這個身分卑微的女性，在台灣時生活十分的辛酸，在新世界則成為一個認知超強而獨立自主的人，她現實而不浪漫，善良而寬容，自愛而愛人。作者賦予她一種成熟理性的態度和言談的實在性，她沒有顯露出有如一般自認知識分子的心靈空虛或輕易對生命哀吟，她像是一塊足可倚靠和安慰的大地。這種人物出自於被歷史作弄的台灣；這樣的女性，有意無意之間支撐了男性的意志；這種人物是真實而非虛構，有著顯著的存在價值。」

然而，記憶中的小舅媽是不是就是這個曾滿足，或者小說裡的曾滿足究竟是不是我的小舅媽？我並不能斬釘截鐵地回答自己，我在這兩個分屬於現實與小說的女人身上，看見她們相互寓身的存在模式，以及她們各自獨立也彼此分歧的生命軌跡。

就好比我現在又再次想起來小舅媽她那顯得模糊的粉白臉孔，好像能感覺到她當年的心情忽然撲襲過來，似乎意圖再次對我說出什麼內心話語來。並且，我也完全知道其實如今不會有任何人，還能真正記得這樣過往的一切細節了，也根本沒有人會在乎這些情節究竟是虛構或是實情，所以我終於完全有權可以重新再把這個久遠前的記憶，更是逼靠向我私己的想像與記憶，盡量以我覺得最貼近真實的感覺去書寫出來。

但是，這樣意圖撥開雲霧的回看，必會再次刺痛我塵封的心靈，而且我也全然沒有把握，僅僅藉由再一次的重新書寫，又真的能表達出什麼更完整的實情嗎？以及，我真的可以寫出所謂最貼近現實的小舅媽和曾滿足嗎？尤其，我真正想要再次尋求的，從來不是去發現什麼隱藏的新事機，我只是期盼能夠藉由書寫的回顧與梳理，再次凝視與咀嚼那些總是迴繞不去、並不斷刺戳內裡的纏身記憶。

然而這篇小說的完成，讓我忽然理解記憶與書寫的奇妙關係，讓我明白書寫可能正就是對於記憶的某種意圖和解，也是對自我生命創傷困境的救贖與補償。所以，我再次翻出來這篇三十多年前的小說，當時我不知為何決定把故事裡的女子名字，叫成有些哀傷的「曾滿足」。似乎我還記得幼時遇過有些姓曾的客家人，以及他們總是隱晦也低調的生活方式，然後我記得小時候見到姊姊的一個同學，她的名字就是有些奇異氣味的

「滿足」，他們告訴我說那表示父母不想再生出女兒的嫌棄意思。我所以用這名字作為小說的篇名，隱隱還是希望那位在我的記憶中，並不曾真正快樂過的小舅媽，能夠藉由我對這個名字所具有的對抗不平以及祝福禮讚，重新得到一些可以有如氣流擦身的短暫幸福。

我把小說抄在下面，邀請你和我一起再次閱讀：

曾滿足

他第一次見到她時就愛上了她，即使三十年後仍然沒有人相信這件事。他當時立在成群大人間看小鎮富戶鄭氏迎娶內弟的新婦，他那時五歲餘不足六歲，擠在大人間看見她由胖胖的汽車中跨身出來，垂著頭快步走進大門。他記得她很美，他盯望著她下車到入門，全程也許只有十秒鐘，但是他記得很清楚當時的感覺，那是他這一生第一次、也許是唯一一次由異性的容貌中得到這樣澎鼓不停的打擊震撼，那時他只有五歲多不足六歲，沒有人相信他的話。

婚禮儀式並不稱門戶的簡單，鄭氏及他的內室顯然都不怎麼歡喜這個婚事安排。他由大人間的耳語閒談知道了一些情形，鄭氏內弟據說是一個不務正業的男子，他到了已當立業的年紀，卻決定依附富裕親姊姊過活，而不願獨立自主。他用時髦衣著在鄰村贏得當時還在美容院工作曾滿足的傾心，也巧妙運用他姊夫的名聲幫助他取得她婚約的首肯。他們的新房是混凝土造在院落西側緊鄰他家圍籬的獨立屋宇。曾滿足很安靜，很少步出屋子。

他家並不富裕，但由於他父親是小鎮有歷史傳統小學校的校長，因此兩戶的毗鄰而居倒也顯得適當。他母親是個善良熱心的婦人，她是小鎮婦女界的中心人物，在曾滿足婚後半年內，她走訪鄭宅幾次，在餐桌上他聽他母親告訴他父親一些關於曾滿足的事，譬如她仍然未能被允許與鄭氏一家同桌進食，以及不得私自沒有陪伴外出等等。他也知道了因為她來自客語鄰村，使她想在這個純閩語小鎮贏得友誼的努力更顯困難。

他常徘徊在圍籬附近，藉口玩彈弓打麻雀遊戲，實則是希望看見曾滿足能在窗口出現或甚至走出屋子。有幾次她真的出現了，卻叫他忸怩不知如何是好的奔回屋內。他有時可以聽見鄭氏內弟用粗暴言語怒斥曾滿足，他聽著會用彈弓裝上石子狠狠地向著他們的牆投擲過去，有時也會聽見曾滿足發出低低哭泣的聲音。他有一次緊咬著自己的唇，把投擲的彈弓抬高了一些，一個飛快的石子砰地打碎了窗玻璃，他看到曾滿足驚慌的臉在窗玻璃缺口中出現，他跑回屋子抱著他母親哭了。他母親以為他不小心做了錯事自責哭泣，甚至咬破了下唇使鮮血不斷滴落，便帶他親自到鄰戶道歉，他並沒有得到任何懲罰，反而還從鄭氏內室手中得到包裝精美進口的巧克力糖，他相信是他流血的唇解救了他，心裡也因為知道這鮮血是為曾滿足流的而有些驕傲。曾滿足隨後在他母親堅持要親自道歉後出現在廳堂，她仍只是低著頭不說話，他母親拉他到曾滿足面前要他說對不起時，他覺得自己幾乎要昏厥過去，他母親笑著說他從小就是靦覥的孩子，曾滿足看著他笑了。他母親說要曾滿足有空到他家走走，她一直就想向曾滿足學一些客家菜燒法，曾滿足沒說話只看著鄭氏內室，鄭氏內室推辭說曾滿足其實不懂得燒菜，他母親再三反覆堅持，並邀請鄭氏內室提供三盆插花在小鎮年度婦女會插花展中作展示後，終於得到首肯。

他之後幾度纏著母親表示想吃鹹菜鴨及滷豬腳，那是他僅知道的客家菜，他母親真的託學生家長由鄰村帶回來滷豬腳，他咬了兩口便不想再吃，他告訴他母親他想吃她自己做的滷豬腳。他終於讓他母親準備好一切後，邀請曾滿足過來，那個下午他與奮地期待著曾滿足的來臨，自己在屋內換上過年才新買的衣服鞋子，那是預備給他上小學時穿著的。當他走進廚房時，他母親露出驚訝的表情看著他的衣著，曾滿足背對他正剁著豬腳，發出砰砰聲響。曾滿足穿著白素上衣，一件碎花百葉長裙，她有纖小的腰身，她用低低的聲音告訴他母親煮食的過程，她的閩南語有種奇怪的客家腔調，他迷惑地站在廚房一角，聽著她們簡單的對話。最後曾滿足在豬腳下鍋後回轉身來，她用兜在腰身上的圍巾揩著手，看到他站立在一角，走過來蹲下問他嘴唇都好了嗎？他母親說他即將上小學一年級了，曾滿足露出敬佩的神情說真了不起，上學校去求學問，長大了作有用的人。他相信他後來求學過程十分出色順利，都只是為了不讓曾滿足當時的敬佩神色有任何失望的可能性。在他日後成了鄉里間人人敬讚的好青年時，所有的讚語都只有叫他再回想起那一個下午曾滿足眼中閃過的一剎那敬佩神情。

他後來上了小學，他喜歡甚至堅持要擺置自己小小的書桌在臨窗可以望見曾滿足屋宇的位置，他要叫曾滿足可以看見他努力讀書的樣子。小鎮當時開始有些北部商人湧進投資的事業，新近冒起的富裕人家此起彼落，鄭氏一家相形之下便不再顯赫如前了，曾滿足因此似乎有更多出入的機會。她有時會到他家來幫他母親做些家事，例如晾曬衣服，或是年節時做年糕粽子，他常捧著書在一旁念著，一邊聽兩個婦人斷續的談話。曾滿足走離時總會走過來拍拍他的頭說好好用功，將來作一個有出息的人，他母親說曾滿足從來沒有上過學校。有時候他母親會帶著曾滿足和他一起去看電影，他坐在兩人之間，覺得世界上沒有比這個更幸福的事了。

他母親有次告訴他父親說曾滿足結婚兩年多，一直沒受孕，很招鄭氏一家不滿。鄭氏內弟後來決定一人去北部闖事業，曾滿足仍留在鄭宅。有一天他在廚房裡聽他母親說到關於一對外鄉來窮困夫妻的事，那個以苦力為生的男人，不知道患了什麼奇怪的病，身體漸漸衰微下去，他瘦瘠的女人有天去鎮上的廟許願，把她的命切割十年給男人，後來那男人果然就好了起來。他記得曾滿足在聽這故事過程中，如何停止手中剁切動作，側身望著他母親的模樣，她臉上有一種困惑閃爍的光芒。他們三人還是會一起去看電影，曾滿足會在電影回程散步經過外鄉夫婦陰黑屋子時，緊緊地掐握住他的手臂。他喜歡她細細柔柔的皮膚，以及她身上散出來一股淡淡的香味。

後來他母親又生了他小妹，曾滿足更是時常過來幫忙。有一次他母親要求曾滿足為他洗浴，他驚嚇地拒絕在曾滿足面前脫掉他的底褲，曾滿足無可奈何笑著去找他的母親，他的母親正忙於嬰孩瑣事，走過來沒說話就迅速拉掉他的褲子，他讓曾滿足洗浴著他的身子，覺得全身赤熱而時間好像永恆一樣漫長。他後來幾天都避開曾滿足，他覺得太難為情去面對她了。之後，他便決定開始自己洗浴，叫他的父母驚訝並贏得更多成年人的讚賞。

他母親由於初生嬰孩，變得十分忙碌，沒有時間再一起去看電影，她建議由曾滿足帶他去看電影，母親說反正有小孩在旁邊，別人也不會說什麼閒話。曾滿足常帶他去看電影，他發現她漸漸又快樂起來，會開始把她新婚時的一些花裙子翻出來穿，也會用心地上一些妝。他喜歡看她快樂而且美麗的模樣。

有一天他母親叫他到一旁問他有沒有看到曾滿足在電影院和什麼人說話，他說沒有，他母親叫他不要聲張什麼。之後，他比較留意，有時曾滿足在電影一半時會抽身去上廁所，遺他一人在座位上，或說是去買零食給他，她離開的時間愈來愈長，有次她回來時沒有帶回什麼零食，他見她坐下，眼淚串串不停的流下來，他知道那完全不是個悲慘的電影故事，而且曾滿足從來不為電影的故事流淚，她只是坐著把扎在腰間的小手巾掏出來抹著臉，然後在兩手間絞著絞著，後來電影沒散場，她就帶他回去了。

他母親又一次叫他過去，告訴他以後不能再和曾滿足去看電影了，他透過大人間嚴寒的臉以及低語的姿態，知道有些事發生了，曾滿足也不再到他家中來。在北部少出現的鄭氏內弟一夜突然回來了，晚餐後他坐在自己書桌前，見鄭氏他們的屋子燈火明亮，間斷有尖銳的爭執聲傳來，他一整夜覺得頭疼無法入眠。隔日晨他母親決定讓他在家請假一天，母親出去買菜時，他搬椅子坐到院子正盛開的白蘭花樹下，希望再一次看到曾滿足的臉。忽然間有尖叫聲嘶嚷劃過空氣，他看到曾滿足由屋中赤足衝出來，一邊哭叫一邊向他家奔跑過來，鄭氏內弟手中執著一把菜刀追逐出來，曾滿足穿過圍籬的門，跑進他家的廚房扣鎖上門，鄭氏內弟追上用刀在門板上狠狠剁著。這一次他體內所有的寒熱都一起湧上來，他隨後立刻大病一場，整個外面的世界全都離他遠去。

隔幾天，他在房裡聽見曾滿足和他母親說話聲音，然後接續有哭泣聲，他掙扎著從床上起來，等他出來時曾滿足已經走了，他立刻跑到大門口，只看到遠遠地曾滿足穿著她喜歡的花斑長裙跟著另一個婦人及手中的行李走遠去了。他用盡了他全部的力氣呼叫著曾滿足的名字，但已經記不得她有沒有回頭了。從那個下午到他下一次再見到曾滿足時，已是在異國的二十多年之後。

他仍然繼續朝著人人讚賞的方向成長，間歇聽見一些關於曾滿足的傳聞，他們說她後來並沒能和她私下愛戀的男人結婚。他幾次隨著校工在黃昏時爬上學校的鐘樓，立在最高點眺望南邊當是曾滿足居住村子的方向，那個距離對他來說太遙遠太不可及了。

他順利考上縣裡最好的省中，在鄰里問引起了一些騷動，也因此開始了他中學離家住宿的生涯。他看著自己及同齡同學陸續長成男子，有些人已經忙碌於偷偷書寫情書給心儀的女生，他冷眼看著這一切，心中仍然想念著曾滿足。他在一個暑假回家時，碰巧間聽見他母親告訴他父親說曾滿足已操起酒女生涯了，他沒聽見全部的故事，只聽見他母親最後以似嘆息的語氣說：真可憐哪，但也真不知道自愛呢！

他自此沉迷於一人垂釣。每個夏天，他一早便帶著釣具走到鎮上水泥大橋下面坐著釣魚，大人們都以為他只是個好沉思的好青年，實際上他只是坐望著河對岸當是風月區的房子背面，他期待見到曾滿足如往常般在窗玻璃上面出現的臉容，他所有中學時代的暑假，就在這樣垂釣的期待與失望中度過。

他順利無誤的上了北部一所知名大學，離開家愈來愈遠，在眾多初履青春的愛情追逐同伴中顯出落落的姿態，心中仍然想念著曾滿足。他輾轉聽到一些若有若無的傳語，說曾滿足後來跟著一個美國士兵回美國了，他以為自此不會再見到曾滿足了。

之後他熟識的朋友陸續成婚，也建立起各自的家庭，他一人負笈美國，學習光電科技，很快在一知名公司任職。他仍然念著曾滿足，他以為他永遠不會再見到曾滿足了。

他在公司沉穩努力贏得了器重，公司派他轉赴鳳凰城，協助經營不如理想的當地工廠，鳳凰城多椰樹與山嶽的景觀，叫他常常想起已經久離的故鄉。他見自己年紀邁過三十，仍然十分寂寞，他會和公司裡一些年輕單身同事一同去飲酒跳舞。有時在週五下班後，幾人呼嘯開車夜半至洛杉磯，找到旅店沉睡至週六晚，然後到習常去的舞場跳舞，他們會跳舞徹夜到日明，他多半就是獨自一人跳著，他的同事們也已習慣他的作為而任他行素。週日夜他回到在鳳凰城的公寓時，會有把自己生命汁液絞耗乾盡的疲倦爽朗感覺。

日子便這樣如恆的下去，他已經不再期待任何事情。有一天他驅車在街上穿梭來去時，忽然見到迎面一輛陳舊小卡車駕駛的女子像極了曾滿足，他不能相信自己的眼睛。當時交通極紊亂，他無法轉向跟上去，只由反光鏡見到紅色有斑彩的車身逐漸消失遠去。

之後他用所有工作之餘的時間在城內來去找尋紅色斑彩小卡車，漸漸懷疑當時見到的只是純然的幻境。曾滿足不會在這裡，在這個叫什麼鳳凰城的地方出現。但他仍然來去尋梭，只是有時會突然忘記了自己眼睛盯視尋找的事物，究竟是什麼而停愣住，曾滿足的模樣也有時清晰，有時模糊到無法輪廓出來的地步。

他有天搭公司老闆的車去鄰市，回程走上一條他少去不熟悉的大街，街上有各色少數人種開的店，像墨西哥餐廳，印第安人藝品店，黑人的廉價旅店，有幾間中國雜碎館子。然後他注意一間小小乾淨的日本快餐店，他不知怎樣的就被那店吸引住，他要求他老闆停車吃些東西，他老闆驚訝地看著他，不明白他為什麼忽然要停下到這日本店。車子終於停妥後，他見到店後面泊著紅斑彩小卡車，他知道為什麼他會不能免地被吸引進來了，他走向店門口時胸口澎湃怦跳，開始期望店裡的那個女人，只是一個貌似曾滿足的東方人或日本人什麼的。

他一推開門就知道他錯了，他見到曾滿足立在櫃台後，和他在二十五年前第一次見到她時一樣美麗，他立即知道他的生命自此後再也無法自我掌握了。曾滿足正和一個墨西哥女孩幫手說話，只抬頭看他們一眼有禮的笑笑。

「她不會知道我是誰，她可能根本忘記我這個人是誰了，我當時只是一個小男孩。」他告訴自己。

他們點了食物，他已經記不得點了些什麼，以及怎樣地吃完盤中的食物。出店後，他恍惚的樣子叫他老闆擔心起來，他只推說有些頭疼便回自己公寓。他躺在床上想著這一切，眼淚就流了下來。天黑後，他起身駕車回到這家店名叫京都的快餐店，他在店外來去幾次，無法下定決心去停下車來，最後就找到對街一間酒吧，坐靠著一個可以守望見快餐店燈火的窗口，他淡淡的喝著酒，直到曾滿足最後熄了燈，進入她紅斑彩小卡車啟動離去後，自己也才離去。

他一日一日不間斷地到酒吧去，也漸漸和酒保熟悉起來，由酒保口中知道曾滿足英文名字叫南西，她離婚一人獨居，到鳳凰城已幾年了。他就這樣過了一個冬天，在春天到來，所有沙漠中仙人掌全部開出眩目燦爛花朵後，一夜曾滿足如常地鎖了門，卻沒有跨坐進入卡車，轉身走向酒吧來，店裡只有闌珊幾人，他驚惶地望向酒保，酒保卻迴開了他的眼睛。曾滿足推開門，先直走向吧台要了杯啤酒，大口地啜飲著一邊轉向他來，立在他前面盯著他看了半晌，說：

「我看過你，我想不起來在哪裡或是多久以前了。你知道我是誰對吧！」

他點著頭。

「你是誰？」曾滿足問他。

我是誰我是誰我守望著妳閃爍不定的面容逾二十年我是誰我是誰。

他低下頭，用耳語的聲音說他其實不認得曾滿足，只是曾滿足叫他想起他初戀的情人。

「喔哈！是這樣的啊。」她說。然後坐下來，問他一些來去事，他都照實說了，只是避開了小鎮成長那幾年的故事。

「你也叫我想起一個人。」曾滿足說。

「誰？」

「一個沒勇氣的男人。」

他沉靜了會，然後問著：

「妳還想他嗎？」

「我誰也不想了。我太忙了，沒時間去想別人。」

然後，她說她得走了。他在曾滿足臨出門前喚住她，怯怯地問她可不可以每夜去她店裡吃晚飯。

「當然可以，只是你會膩的。」

「我不會。」他知道他不會的。

他此後夜夜去曾滿足店裡吃晚餐，他通常坐在角落上默默吃著他的食物，眼睛安靜地跟著曾滿足四處游轉，曾滿足不太特別理會他，只是偶爾會走過來說幾句話。店裡常出入的是一些貨卡車途經休息的司機，他們會用粗大的聲音喚點飲食，並與曾滿足說笑，他只是靜靜地看著，彷彿回到他無力的五歲童稚時期。

曾滿足有時會特別煮些食物讓他換口味，有一次她從冰箱中取出來凍著的滷豬腳，他看著盤中熟悉的豬腳，情緒波瀾不能自抑，終於棄了食物倉皇奪門而出。曾滿足隔夜很抱歉向他表示以為他也是台灣人，應當一定會喜歡豬腳，沒想到他居然也像美國人一樣嚇壞了，他只笑笑說是自己不舒服和豬腳無關。這件事之後，似乎叫曾滿足更關心他了，她在不忙時會坐過來閒聊，問他年薪多少，他據實以答，曾滿足露出十分驚訝的神情，然後說：

「像你這樣的好青年，什麼都有了，怎麼不去找個對象呢？如果我再年輕二十歲，我就纏上你不放了。」

他也只憨憨地笑著。

他的公司在八〇年代末期鳳凰城經濟開始衰頹時，決定撤離出這個城市，許多低層技術人員被遣散，他被調回中西部總廠。他回絕公司的改調，震驚了所有的同仁，他的老闆喚他去談話，以為他另外找到別的工作，但他說他只是無法離開鳳凰城。

「為什麼？」

「因為一個我愛的女人。」

「帶她一起走。」

「我不能帶她去什麼地方。我只能跟著她，跟著她一輩子。」

「但是，你的專業技術在鳳凰城找不到第二個工作，這裡不需要你這樣的專門人材，你找不到工作的。」

「我活得下去。」

他老闆嘆息不解地離去了。

他晚上去店裡告訴曾滿足，她停下手中動作坐了下來，說：「你不應該這樣做的，你要繼續上進才對的。」

又說：「究竟是什麼原因，你要留下不走呢？」

他把告訴他老闆的話再說了一次，眼睛盯著曾滿足。她就垂下頭，喃喃說著：「你是個傻子，你是個傻子。」

起身走了。

他離開熟悉的專門技術領域後，果然無法找到任何的工作，整個城市急劇蕭條的景象，更增長了謀生的困難。他因為手邊有些存款，也不甚著急的度著日子，曾滿足看他天天坐在店角落，反而替他擔心起來，她一日對他說：「我到對面酒吧去過，他們說可以添個酒保，你反正跟那些人也熟，就過去做做看，好歹也是個頭路。」

他就開始在酒吧工作，待遇雖然不太好，但他並不在乎，他很高興可以在工作時，隨時抬頭看到曾滿足店裡的燈火。晚上他會配合下班時間，驅車伴著曾滿足的車回到她住處，曾滿足漸漸為他這樣不易的舉動迷惑了，有時晚上就不堅持地一起直接搭他的車回去，日子久了之後，也會留他夜晚就宿在她處。她早晨起來，在廚房弄早餐時，會突然轉頭回來說：

「但是我大你二十歲呢！再十年我就是老太婆了。」

又自己一直繼續說：「你應該找個年輕女人結婚，生幾個孩子。」

「你會過膩這種生活的。我們是不一樣的人，你是有學問也懂技術的人，我一個英文字都不會寫。你一定會膩的，你一定會後悔你那時沒有回去原來的大公司。」

「你一定會後悔的。」

他從來不去辯白什麼。他只看著曾滿足叨叨說話不停地在廚房忙轉著預備吃食，心中有種快樂滿溢的感覺。

他也曾問過曾滿足是不是願意嫁給他，她躺在床上大聲的笑起來，一直笑一直笑到眼淚縱橫滿臉。她說：

「嫁人?嫁給你！我這輩子不能再嫁給任何人了，男人都是吃腥怕膩的，你要真的娶了我，不要三天你就要膩煩了。」

「我不會的。」

「你不會？哈！你太年輕了，你還不知道你自己要的是什麼呢！」

「我知道的，我一直知道的。」

「你只是嘴硬罷了！」

他們後來決定開始尋覓一間合適的房子搬住一起。房地產價隨著經濟狀況跌落，他們因此可以買得起一間小巧的房子，從那個荒瘠的後院，可以看出去整個石礫沙漠，以及遠處紅色的山落。院子有幾棵橘樹，在冬末結完了滿樹橘子後，會開出白色小小幾乎不可見的花，這白色的橘子花入夜彌漫出一種無法消失的香味。他們工作完夜裡回來入寢時，通常已過了午夜，他們喜歡把所有門窗敞開，任橘子花香浮入寢房，整個城市此時在月光與橘香中有如夢境一般。

他通常會和曾滿足同車去工作，大半是曾滿足駕著她的紅卡車，有時順道去裝些貨品到店裡。他喜歡這個城市許多女性駕著一點也不纖細的貨卡車坦然來去美麗的樣子。他有時佯稱自己是男人，不能老坐著女人的車來去，曾滿足會轉頭看他，然後說：

「那你下去開你的小日本車。」

他就大聲笑著。後來把日本車賣了，覺得自己愈來愈喜歡這個多勞工住戶的鄰里。他讓自己粗率自在的生活著，有時會忘記這個世界上除了曾滿足外，什麼人還和他有任何牽連關係。

但是，在他以為已經永遠離他遠去的事業生涯突地又返回了。久無消息的老闆一日出現在他工作的酒吧，望著他驚異地搖著頭，走前坐在吧台飲酒和他閒聊，提到公司決定再次開啟在鳳凰城的工廠，並將擴大規模成為公司的主要生產線，他和老闆約好改日去到他家中談其他詳情。他當晚告訴曾滿足這一切時，兩人間有奇怪的靜默，他們不知道當怎樣去面對再次連繫上這個外面快樂繁榮的富裕世界，兩人都知道這是他們無法拒絕來自天堂的邀約，同時也暗暗滋生著一些他們無法解釋的憂慮。

他改日將屋子整頓清潔等候著他老闆的來臨時，自己審視著這間已經居住近三年的屋子，好像第一次驚訝地發現屋子的簡陋。他不安地來回轉著，甚至執意要曾滿足換上她平日少穿著的一套正式衣裝，她好像可以清楚聽到他脈搏緊張怦跳的聲響。

他老闆和他談到各項細節，包括將重新聘用他為副廠長及技術指導，他們興奮地討論著如何籌劃重建程序。時間近中午時，曾滿足岔入表示必須要先去店裡預備，他要曾滿足為他向酒吧請一天假。

他老闆隨後帶他外出午餐，在昂貴餐廳他開始回想起這些似乎遙遠又熟悉的優雅生活方式。他老闆說已開始在北郊為他尋找新房子。

「是在哪個區域呢？」他問著。

「樂園谷區。離我住處不遠，你會喜歡那個地區，安全也乾淨，是養小孩的好社區。」

然後看他一眼，說：

「你們結婚沒？」

「沒有。」

「你有什麼打算？……她好像比你年紀大些。」

他只低下頭沒說話。

他老闆很快便轉了話題，說：

「你另外去找個好車子開，該添購的東西就去買，把自己好好整頓起來。還有……你可能也該為她買些必要的東西。」

曾滿足聽他說這些時，沒有太多的反應與表情，只在最後喃聲說：

「你要繼續上進的。我是不會搬去北邊那裡住的，我就住這裡，我要照顧我的店。你不用花功夫在我身上，我是已經長直的木幹彎不了。你要繼續上進的，我還是會住在這裡，你要來要去自在隨意，我是會留在這裡的。」

他想勸說曾滿足放棄她已有的這些東西，就直接跟他搬去北郊，輕鬆自在的過度生活，但曾滿足很快側身背向他睡了。他想也許不用急，隔兩天再慢慢和她說。

夜裡他覺得寒涼忽然醒來，不見曾滿足在身邊，聽見院子裡有瑣碎聲響，走到窗前看見曾滿足立在木椅上，一人專心的摘著橘子，他看錶才四點半，披衣走出去問曾滿足怎麼回事。她說其實也沒事，不知怎樣睡不好，老翻來翻去，怕要吵醒他來，又想到答應給店裡那個墨西哥女孩帶些橘子，反正也睡不著，乾脆起來摘了。

「晚上黑，又沒人在一旁，妳要摔了下來，誰來看護妳呢！」

「我會照顧自己的。」

他有些作疼的感覺，扶她下椅後，他們在院中坐下。他擁著她，他想告訴她所有未來的他的一切，都是要與她平等分享的。

曾滿足說：

「我這幾天老是作夢回到老家去。離開那麼久了，從來沒想回去，這幾天卻老是夢到一些舊的人和東西，真想回去走一趟呢！」

「妳要不要我陪妳回去一趟。」

「你自己呢？你的老家在哪？你不想回去嗎？你不想回去看你自己的媽媽

嗎？」

他靜聲沒說話，半晌說：

「曾滿足，你知道我是誰嗎？」

「我知道。」

「那妳為什麼不說？」

「你自己怎麼不說？」

「我不知道。我想妳不記得我了，我那時只是個小孩，妳也不會相信我的話的。」

「我絕對不能和你一起回老家去，他們要是看我纏上你，怕十八層地獄都不夠我下的了。」

「我不在乎他們的。」

「我自己是不在乎再多下幾層地獄的。只是你不一樣，你不要讓我絆了你。你有你的前途，你要繼續上進的。」

「我不在乎。」

曾滿足只是笑了。

他們繼續坐著，橘子花香愈來愈濃，好像可以在空氣中擰滴出一些汁液來似的。

「妳還記得我母親告訴妳那對外鄉夫妻的故事嗎?那女人許願並折了十年壽給她的男人，後來不知他們怎樣了。」

「我記得很清楚。他們是艱苦的夫妻，作外鄉人不容易的。」

「妳後來有沒有想過會再見到我?」

「命吧!」

「曾滿足，我想也許我們一起回去走一趟，我們一起去那個廟裡許願，把我們剩下的命全部拌在一起，再一起對分成二份，什麼都是相等的，歲數、財產、知識、愛情，然後生兩個小孩，兩個人會長得一模一樣，又像妳又像我。」

曾滿足笑了。

天恐怕很快要亮了。她想著店裡的魚料快要缺了，得趕早去買些貨補充。他想著回去家鄉許願的事，忽然有些陶然了，想說早上去和老闆商量，先休假回去兩個禮拜，把這些事情辦完。

天恐怕就要亮了。

他們不能決定是否當回到床上繼續他們的夢，還是一起清醒地等看著白色陽光，無畏地照出他們黑暗中真實的身影來。

是的，很長的一段時間裡，曾滿足一直以著十分真實的心靈與形象，存活在我的意識感知裡。我彷彿可以感覺得到她的體溫和她的形貌舉止，像是一個曾經在我的生命中真實與我共同生活過的人一樣，全然活生生在我的眼前來去自如。反而，留存在我幼年記憶中的那個小舅媽，卻逐漸地褪色然後模糊掉，像走馬燈一樣會幻變出許多似曾相似的面容，讓人難以分辨出究竟誰才是真正小舅媽該有的模樣。也可以說，小舅媽忽然像一個忽然走失的小孩那樣，瞬間就在喧囂的人群裡隱身不見去，讓因為無法辨識她的臉孔，因而突然驚惶不已的我，只能獨自立在菜市場喧鬧的街心，哀哭著終於明白自己才是被記憶所狠心遺忘的人。

這也是我後來才逐漸發現的一件事情，就是當我藉由小說的敘述，來鋪陳我的記憶時，原本用來填補記憶而注入的虛構成分，有時卻反客為主地霸取了記憶的本體。也就是說，我最終經常無法分辨我的記憶實體與小說虛構的差別，它們也像是在彼此競爭著急於坐入唯一空著的椅子，想要成為單獨能向我述說我過往生命實情的敘述者。就像是曾滿足與我的小舅媽兩人間，那既且是源自同體的共存生命，卻又時而反目有如水中倒影的虛實競爭者，已然注定成為我永遠難辨真偽的惚恍角色關係。

而且，我發覺在這樣顯得難堪的二者間，自己不覺會更傾向對於虛構記憶的某種偏愛，好像經由真實血肉鋪陳出來的所謂記憶，只是用來讓我一切想像得以自由流竄的幽暗森林。也就是說，我這從來一切的所有真實記憶，其實就只是一座由血肉與陰影交織而成的森林，並且經由我虛構想像的流竄與馳飛，得以自由地放縱自我在林間奔馳與迷途後，所重新誕生出來的虛實結合體。

所以，這一切虛實交雜的陳述，已然與所謂的現實無關，也與旁人會用來驗證的事實，更是可以分岔行走，毫無必然與必要去作任何驗證連結。這已是一種半騰空的私己雲霧行旅，是為了得以誠實邁入到我自身生命意義的檢驗與反芻狀態，因而必須鋪展開的自我腳步印痕。

也因此，不管記憶最後會如何強硬地作聲張與霸取位置，小舅媽和曾滿足必然是將永遠真實地並存著的，因為這樣的雙生關係，他們永恆的爭辯與違逆彼此，正是我一切書寫所以能夠存在的根基，而且書寫就是我依舊存在的唯一證明。

4

我：害羞的男人

我此刻立在浴室的穿衣鏡前，看著瘦瘠闌珊的我的身軀，忽然有著想大聲笑出來的衝動。其實，這已經是我人生體重的巔峰時刻，但或者是因為老衰的姿態與線條失勻，或是終於增加出來的重量，並沒有如預期地分布在身體的正確位置，讓此刻在鏡子裡出現的我，絕對無法成為一個可以覺得有任何驕傲感的身體模樣。

印象中的我，一直是過瘦的狀態，我也從來沒有想過被視為瘦子的印記，竟然會有某一天離我而去的可能。我不知道這是否與我父母生養了六個小孩，母親採取某種粗放生長的養育哲學有關。也就是說，母親從來不是細心顧全的那種母親，我們小孩自然處在一種物競天擇的成長環境，而我從來就有的害羞不爭個性，包括對於吃食的興趣缺缺，可能也就讓我終於成了最是瘦小的那隻生物了。

對於自己肢體模樣的不盡滿意與失卻信心，隨著我年歲的一路增長疊加，竟也漸漸不在意地淡化去。原因想來有許多層重，但是可以如此直視自己從來不夠健壯、甚至已然有著老化與疲態顯現的鏡裡身軀，竟然還可以輕鬆自嘲的態度，卻是比較接近我此刻的內在狀態。

但是，我其實很清楚所謂敢於面對自己，身軀模樣只是第一個關卡，更難的挑戰還在後面，譬如去逼視生命中的某些記憶時刻，睜眼去重新瀏覽過自己生命中的某些幽暗時光。甚至，像我此刻思索著能否敢於將這一切暗影裡的身姿書寫下來，或者才是讓我真正覺得寒意四起的念頭。

這有些像是去啟開一個被鏽蝕大鎖牢牢扣住的櫃子，完全不知道那躲藏等待已久的幽靈，究竟是不是想像中的模樣？以及，我的心底究竟是想要對這世界說些什麼？還有，是否也藉此試問著自己對於記憶的恐懼，又究竟是源於何處呢？難道我是害怕見到真實自我魂魄的再次顯現，或者是懼怕著過往傷痛的利刃，依舊會銳利如昔劃破我的心靈，讓我又重新回到那個毫無抵抗能力的瘦弱男孩模樣嗎？由是，除了只能繼續相信這世界的必然善意存有，以及祈念那個手拿利刃的對方，會心存突然閃現過某種對我的額外憐憫，因此忽然分心或莫名轉念地對我視而不見，像陌生人那樣從我身邊匆匆走離去外，似乎我也沒有其他的應對辦法了。

就像年輕時閱讀奧古斯丁的《懺悔錄》，初讀時完全覺得稀鬆平常，不知道他所以被稱頌的原因何在。然而，現在讀來卻覺得膽顫心驚，忽然能夠懂得他在書寫時的坦率與勇氣，也終於能明白必須那樣剝除掉所有人間的虛假榮光與犒賞誘引後，一個人才如何能以真正誠實的目光，重新瀏覽著自己行過的一生足跡，並且可以藉此明白地認知到，那自來就長存與本有的惡，從來一直是伴隨著善的靜默黑色暗影，根本不曾一刻消失過的事實。

我某次參加大學同學會，一個同學直直舉杯邀我同飲，同時大聲對著圓桌的其他人宣稱：「我們大學的所有同班同學，如果問畢業到現在改變得最多的，一定就是阮慶岳了，哈哈哈！」所有人立刻把目光投向我來，那同學又得意地繼續說：「你們應該都還記得的，他以前可是很害羞的啊！」

我現在回看，我的害羞孤僻以及瘦弱無依，事實上很可能就讓我淪入那些在我成長過程裡，總是會見到被惡者揀選出來遭受霸凌的對象。就像我國中時一個同班同學，在發覺自己已經成為那個標的般的被欺凌者，卻又無力與他們對抗後，有一次私下對我起誓般忿忿地說：

「我已經想好怎麼辦了，我決定去加入那個眷村幫派，我要讓那些想欺負我的傢伙知道厲害，我也一定要讓他們真正吃點苦頭的。」

我茫然地點著頭，卻又帶著憂慮地問著：「那你這一輩子就會變成黑道了，這樣真的有比較好嗎？」

他依舊顯得成竹在胸地說：「這個我也想好了，就是等到我讓他們真正受到教訓，沒有人再敢找我任何麻煩後，我就可以脫離幫派了。」

「脫離幫派有這麼簡單嗎？」我問著。

「我都問過了，要退出不是不可以，就是要在大家的面前，自己砍斷一根小尾指，就只是這樣而已，這個我也做得到的。」

一直到國中畢業前，我都沒有見到他真的加入幫派，但每次看見他出現我眼前時，我都無法抗拒地會去注視他的手指，想像著他的那根小手指，忽然就血淋淋地斷離手掌落地，以及他同時發出苦痛哀鳴的模樣。而且，我同時也會納悶地想著，如果他可以有這種勇氣能自己砍斷一根尾指，並且敢在那些霸凌他的同學的眼前，就直接拿刀這樣虛張聲勢地表演一次，那應該根本不需要去加入什麼幫派，所有學校裡的善人惡人，自然都會十分敬畏懼怕他的吧！

我並沒有遭逢過這些被霸凌的歷程，雖然曾經目睹有些人無可選擇地落入到這樣的狀態。我在想是不是因為我自來的神色，一直是帶有著堅毅不屈服的奇怪意志，就是我其實有一種難於被人馴服規範的個性，是不是這樣隱藏著的神祕對抗意志，讓我得以幸運地得到某種被天使保護般，安然籠罩地度過這些可能發生的危險。

想起來高中時聽著一個自稱混過黑道大學生帶著炫耀的口氣，敘述他怎樣能夠雖然身材短小，卻讓大家都怕他的過往事蹟。他說當年在中學讀書時，他們眷村的幫派十分剽悍頑強，不管是和別的村子打鬥，或是和大街台客幫派互毆，從來很少會落敗打輸別人的。

他說：「我都是最早衝上去完全不怕死的那個，我的個子算是最矮小，可是我卻比誰都不怕死，管你有多高多壯都一樣。我好幾次把對方追到只能跳圍牆逃跑，我照樣掏出口袋裡的扁鑽，噗噗噗地往他的屁股扎下去，然後鮮血直接噴出來，像是瞬間開出幾朵紅花來。這其實是需要技巧的，因為屁股的肉多，就算扎了進去還是沒事，就是絕對不至於鬧出人命的，頂多讓他在幾個禮拜的時間內，不管是想睡想坐都痛苦難受，就是給他一個教訓和警告，出不了什麼大事的。」

我就問他：「那你屁股也有被別人扎過洞或者開過花嗎？」他說：「當然有啊，怎麼可能會沒有？」他看我神色似乎不是太相信，就問說：「那你現在會想要看看嗎？」我點點頭。他就立刻迴轉身軀，把褲子迅速拉下來，躬身向我頂著白亮的屁股，大聲說：「你不信嗎？那可以啊，你就自己看吧。也不過就三個窟窿的，你看完全沒錯吧！」我看著三個暗色難看的疤痕坑穴，像是過往留下的什麼動章印記，銘刻在白亮亮的屁股上，好像是看見一片白茫茫的水面，忽然就浮起來幾隻怪異的醜陋生物，也有點像是岩石因年歲積累而出現的紋理皺褶，或是果實在腐爛後逐漸凹陷出來的坑穴，讓我有種既華麗也作嘔的感覺湧上來。

我有時完全無法去回想起來任何一個我的國中同學，感覺像是我們通通莫名地忽然集體消失了，像是被時間的大浪吞食掉似的。每個人似乎都只是害怕地、緊張地活在什麼被恐嚇籠罩住的世界裡，彷彿只要是誰出了任何一個小錯誤，就會得到什麼萬劫不復的嚴重懲罰，因此每個人日日掛在臉上的表情，也只是有如一具具失血的蒼白面具那樣，既膽怯又驚恐。

我記得成年後忽然在報紙看到一則新聞，居然是我國中的一個同學，因為宗教信仰原因拒絕服役，他因此被判刑坐牢。我當時十分驚訝，因為我無法想像我的任何國中同學，是可以去作出這樣和國家意志對抗的勇敢事情，尤其那一個被判刑入獄的同學，在我印象裡十分寡言木訥，甚至還考上不錯的高中，基本上就像是那種良善的公教子弟，一直住在安穩四層公寓，一生都順遂認真也不會出錯的正常平凡男子，卻居然會終於在某一刻作出了這樣驚人的對抗舉動。

我一直試著想像他被一群撞破家門的警員，捆綁制服拖出家門的景象，然而他那樣乖順好學生的臉孔，無論如何就是無法與這一切吻合成一幅合理的畫面。關於這樣乖張對立的結局，我反而會投射到另一個當時被劃入放牛班的同學身上，這人在我們國二正式分班遠離後，有一天偷偷地對我說，他已經在練習開鎖的技術，因為他未來必須要找到一條能謀生的道路，他覺得開鎖偷竊可能就是他的未來命運。我聽了不知如何回答，就只怯怯地問他說：「你也可以教我嗎？」但是，我一直沒有認真去學起來如何開鎖的技術。

我現在重新回視那時的我，完全明白自己所以會有著強烈害怕去貼靠進入這個世界的心情，完全與這個世界顯示的不友善樣貌有關，我那時就單純只想要處在一個可以不需要去結識或交語他者的狀態。但是，這並不只是自我膽怯或恐懼，其實更像是一種尋求舒適環境的個人選擇，因為從另外一個角度來看，我並不害怕現實發生的大部分險惡，我幾乎可以神色漠然走進去那些旁人懼怕的黑洞或深淵，再無動於衷地走出來，因為讓我真正害怕的，從來就不是這些現實裡的危險狀態，也不是會在這些陰暗現實裡出入頻頻的那些人。

是的，我雖然看似害羞退卻，但其實我並不畏懼任何現實的撲襲與挑戰，我只是需要多一些能自我呼吸的空間與距離，因此可以獨自站立在河岸觀看與聆聽。那些來往出入的人與事，都只是穿流過眼的扁舟，我們本來就不該相互貼近，從來就只是應該要隔水互望的。

我幼齡時還不知這個原委的究竟，家人只覺得我像一尾透明的魚，無聲地穿梭在一家人合組的喧囂河道上，既不需索也不抱怨，顯得瘦弱卻又極頑強地兀自生長著自我的生命，宛如一個永遠拒絕參與的局外人，堅持在自我時空裡生活著。雖然我這樣的行為令人不解難明，但也因為無須讓家人來費心照顧，而得以在家庭角落裡吞吐吸納地自我存活。

現在想來，我所具有這般奇怪勇氣的萌發，可能也正是因我的某種內在恐懼而生。我其實本是深深害怕著這個世界的，然而我自來就不喜歡也不願意求助於他人，這連我的母親有時都詫異不解，為何這個小孩竟然可以不哭鬧也不作任何抱怨要求。或者說，我自來就是不能把這樣必須去軟弱求人的情緒，簡單直接地表達出來，譬如在我尚未入學的某日，我意識到自己生日的即將到來，卻發覺似乎無人同樣注意到這件事的存在，焦慮的我一直忍耐著完全不去對人訴說，只是偷偷地在懸掛牆壁的日曆上，標記出倒數計算天數的阿拉伯數字，像是暗自對誰宣告著什麼重大事件的即將發生。

生日那天果然還是無人注意到我的暗號標記，母親依舊忙碌著她的日常，我的期待只能全部落在即將下班返家的父親身上，我相信從來最細心的父親，絕對不會辜負我對這生日的長久期待。然而，當我知道那夜父親另有應酬必然會晚歸，我的絕望感就巨大地蔓生出來。我的父母本是來自並沒有為小孩過生日習性的家庭背景，母親雖然還是會記得為過生日的小孩，早晨特地預備一碗獨有的雞湯麵線，甚至會放上兩顆水煮紅蛋，但是母親也同時會以顯得必須謹慎省思的神色，告誡我們說：「你可是要記住你的生日，就是真正的母難日。那可是因為我冒著生命危險，才能把你生下來的，該紀念的是這個生死交關的危險時刻。你一定要永遠記住這個，知道嗎……你知道嗎？」

那天晚飯後，我就置放小圓凳在掛鐘前面，一個人安靜地坐看著鐘面長短針的緩慢移動，意識到我的生日正一寸寸地消逝去，有一種即將被全世界遺忘去的孤單哀傷感覺。母親幾次擔心地過來問我說你怎麼了，我固執倔強地拒絕吐露任何內心的委屈，依舊只是盯視反覆擺盪鐘錘的那個老鐘。等到父親終於歸返到家時，從母親的耳語裡，知道我今晚的不尋常情緒反應，立刻蹲靠過來對我表達他今夜缺席晚餐的歉意，並詢問我現在有沒有希望得到什麼生日禮物，他可以明天補償給我，我倔強地搖著頭，拒絕表達我有任何的生日願望存在。

父親不放棄地說：「那我現在就出去給你買一個生日蛋糕好嗎？我剛才在回家的路上，有特別注意到街上那家西點麵包店，現在還是開著門的，而且他們的玻璃櫃裡，還有一個漂亮得不得了的蛋糕在那裡，我現在就立刻去把它買回來給你慶祝好嗎？我現在立刻立刻就去買好嗎？」

我繼續望著牆上擺動的鐘錘，抿著嘴含淚堅持不說一句話，聽見父親隨後急匆匆地跑下樓梯去，並且果然帶回來那個他宣稱最美麗的蛋糕，並在我兄弟姊妹們興奮也羨慕的圍攏下，唱著歌地分食了這個已然太晚降臨的蛋糕。但是我一直記得這個夜晚，那樣顯得漫長沒有盡頭的堅持等待，那樣覺得自己根本不被父母所關愛的哀傷，那樣倔強地不願承認自己對這樣難辨形貌的愛，那樣有如某種深淵般的期盼，這一切一直蔓延跟隨著我此後一輩子的人生不去。

有時候我覺得我的一切記憶，其實完全可以透過一段綿長回繞的安魂曲，或是一首懾人心魄的長詩，就清楚剔透地描述展現出來。因為，每一片段零星的記憶，原本都是遊魂般四處漂泊的破碎玻璃，忽然就被某個神祕旋律催眠地各自就位站定，像是童貞男童唱詩班的某個成員，因為知道自己已然身為特別被揀選的唱詩班歌者，既是焦躁緊張又榮光滿布，莫名在某種聖潔光芒與崇高氣氛的籠罩下，竟然自然地發出來美妙迴盪的高亢聲音。男童原本害怕著自己因突兀失控而這樣突發的高音，要讓自己成為那個犯錯的唱詩班成員，卻發覺自己的失控聲音，竟然立即融入完整的群體樂音中，甚至更悠揚迴盪在那座神祕高聳的哥德教堂空間，彷彿在對無數已然逝去的生命，作出懷念的孺慕與呼喚。男童也終於見到自己原本帶著膽怯與羞澀的歌聲，竟然能如彩色玻璃的一塊碎片，有如什麼雄偉記憶裡的一小塊拼圖，被聖潔地鑲嵌入這整座華麗巨大的彩繪拼花玻璃圓窗內，因而暗自欣喜並感動落淚。

最難正視的記憶，其實是那些看似已然結疤的愛情傷痕，只要稍稍地回顧並且翻攪，立刻血淋淋地崩裂出來，讓人只能選擇迴目與繞路。然而，我也逐漸明白，某些記憶永遠會在小徑的轉角與盡頭等待我，即令再浩大的森林，也難以躲藏必然相逢的事實。也許，我應該讓記憶走入我敬愛的某些詩歌裡，讓我在入神般忘我的恍惚旅程途中，驚訝望著自己如何在龐雜的記憶迷宮裡，化身成為一小段忽現的樂音旋律或詩句，那樣顯得不經意地顯現又忽然消失。因為，這些詩句所內藏的迷人力道，正就是一場海上漫遊與迷途的引路燈火，必會成熟也耐心地告訴我在路徑裡每一顆星座的名字與位置，以及彼此何時得以在每一道浪濤的撲襲後，感恩地回頭凝望這交錯的時刻。

譬如，那位既是神祕也聖潔、一直是我所敬愛的遠方詩人布萊克，在書寫的第一本詩集《詩意的素描》裡，一開章就意圖致意給四季的四首短詩，就是我覺得最能與我此刻想與記憶對語的完美旋律。那樣腔調裡的悠遠空無，那種心情狀態的聖潔無悔，那種永遠留駐的信仰與愛，那種恐懼與寒冷，恰恰就是我內心所嚮往的生命記憶狀態。

因為，我最隱密與珍惜的某些記憶，需要這樣帶著焚香氣味的召喚儀式，尤其那些似有還無的過往愛情蹤跡，那些分離時沾黏著血肉汁液的場景，必然都絕對需要伴隨著這樣無邪詩句與旋律的邀約，才會願意輕鬆忘我地優雅現身出來。畢竟他們從來就是最羞怯的隱身者，他們無從辨別自己的光明與黑暗，詩歌或就是回顧時的最後救贖者。

所以，我們就一起翻開這本詩集的扉頁，開始隨著布萊克的詩句歡樂歌詠以及起舞吧！

4.1

春天：樂園之歌

這一切美景，不過是你那無邊無際的美麗，所散發出來的小火星而已。

你是遲到的孩童，讓我有如從昏睡的簾幕細縫裡，詫異地發覺你不知何時已然到抵我的時空。你露出陌生者的羞怯神色，獨自坐在靠門最近的木椅上，小心地不去打擾到任何人的注意。我最初對你的印象，即是你那有如異邦人的鬈髮，不知是否因為沾水潮濕，竟一捲一捲地閃耀著黑色的光澤，彷彿無私地滴綴出晨露般的汁液，乾淨透明晶瑩耀目。

我假裝自己才初初自夜夢中醒來，正試圖透過明淨無塵的窗玻璃，望進去你那有如天使般無瑕的眼睛，期盼你彷彿從神祕東邊升起的眼神，可以射入我正蜷縮在西邊暗影裡、長時如孤島般存在的寢床。啊，你是春天之歌，你舞者那樣無心機地自在旋轉並跳躍，我只能配合你的曼妙舞姿，和聲齊唱地歌頌著你的如是到臨。

我小心翼翼不讓人識出我魂魄的已然失守，我必須按鎖住我微微發抖的唇角，免得我突兀地呼喊出你的名字，並且只能著魔般重複在桌面的白紙上，刻畫書寫著你剛剛啟口對眾人說出來名字，一筆一畫地莊嚴也無止盡重複著這有如誦經的動作。我立刻意識到自己被這幾個字的咒語全身籠罩，更是預感到天旋地轉般即將發生來的某種墜落與暈眩。

我全然不敢走靠近你的身軀，又渴望能感覺到你身體散發的一絲絲溫度，因為我一直忍受著近乎凌遲瀕死的寒凍血液，高傲地假裝我並不需要你那壁爐火焰對我的絲毫施救。而且我知道我這樣渴望著你的祕密，已然在遠處山巒間竊竊流傳，黯影山谷也豎起蘆葦般的千百隻耳朵，專注聆聽著這一切無聲過程的進行點滴。

啊，以惡意環繞著我們的這個世界，是我必須要以盾甲與利劍，為我們來勇敢對抗的必然戰鬥。因你的美麗與無辜，造成你必然的墜落入網，讓我雖然天生其實軟弱無能，也因此自知不可迴懼與逃避地，更是必須為你擔當起與惡意者周旋的任務。

我有如狡猾蛇蠍那樣迂迴地觀察著你的動靜，我會故意地繞行過你宿居的老舊公寓，僅僅看著你的窗戶透出鵝黃色的燈火，就讓我感覺到心安與幸福。因為我不敢也沒有權利去破壞你本當身屬的一切幸福，我也不敢想像我能否給予你任何未來幸福的承諾。我有時會矛盾地望著你一夜沉寂不歸的黑暗窗櫺，暗自泣血般地思索著我不過是一具透明的幽靈，卻愚昧地意圖護衛一座我自己幻想出來的城堡與王國。

啊，春天以接續綻放的花朵蜜汁，暗示著樂園的必將盛放到臨。於是，我們都成為甘心受騙的忙碌蜜蜂，被誘引入春天喬裝的甜蜜詭計裡，彷彿並不知道這根本只是永遠無法止息並宿命奔波於花叢深處的拜訪。以及，所有從我內心流露出來的渴望目光，不斷投注在你那有如穹蒼底下最是輝煌的篷幕所在，暗自以為這必能終於鼓舞你踏出你聖潔的步伐，來造訪一直裝扮著芳香花蜜的我的心靈，卻其實我們都知道這根本只是一場徒勞的悲喜劇演出。

然而，我並不是善於掩飾的人，終究要露出我的形跡愛意。譬如我在某次群體出遊的夜宿，明顯堅持要在地板的橫陳共眠，不顧他人神色猜疑地窩居在你的身軀旁邊，你也彷彿若無其事就大方接納我這樣顯得幼稚堅持的作為行事。我像是那隻正一寸一寸搬運著超過我所能夠負荷重物的微小螞蟻，雖然不知方向與目標何在，依舊堅持移動彷彿不知倦怠的身軀與重負，朝聖般地向著莫名的遠方移動。

你並沒有做錯什麼，因我其實從頭到尾都沒有對你真正清楚表露過我任何的愛情知覺，但我有些懷疑你早已知道這一切，卻選擇維持模糊的未明關係。你也會蓄意暗示地透露你已然與他人發展到肉體性愛的某些關係，並和我討論對於肉體部位的個人愛好為何。我並不習慣這樣的話題，但也可以佯裝成熟地哈哈敷衍過去，然而我的內心其實卻感覺到巨大的傷痛，像被永不停息的起落浪潮，那樣拍打著我其實脆弱不堪的內在孤傲涯岸。

有一次我們獨處走在暗巷裡，你不知說著什麼忽然止步回過頭來，那時月光打照在你雕刻般的臉上，我被一股巨大的感動力量驅使，就伸出我的右手去觸摸你的面頰，你顯然也被我的舉動所震驚而顯得不知所措。但立刻你就也伸手同樣撫摸我的臉頰，像是回應著我的什麼遠方呼喚，那樣顯得無動於衷地向我同樣呼喚回來。

是的，我撫摸你臉頰的手，自始至終都是微微地顫抖著，其實我知道我的全部身心，在那一時刻裡也是顫抖著的，然而你回覆撫摸我臉頰的手，卻溫熱厚實也堅定，並沒有我失控般奇異的顫抖與痙攣。然後，我們就轉出去暗巷，到另外一條更寬大也明亮的街道，我望著在路燈下顯得愚蠢姿態、接續成排地停在路邊的汽車，忽然就跳上一輛車子的前蓋板，歡樂地立在車頂，回頭揮手叫你趕快跟隨上來，並且開始在一輛接一輛的車子上面奔跑起來。我用力踩踏著汽車的金屬板面，發出砰砰砰的嘹亮聲響，你果然也開心踏跳地追隨上來，和我奔馳在那整排車子的蓋板上，一起哈哈大笑地跑下去。

那是我最不能忘懷的美好夜晚，那猶然留存記憶裡微微顫抖痙攣的右手，以及彷如舞蹈者在車頂奔跑的歡樂姿態，假裝我們正是在一齣誰人導演的戲劇裡共同參與演出。於是，我們只能繼續背誦那不允許出錯的陳腐台詞，卻又肆意地作出一些荒唐失控的舉動，蓄意回應給那些一直隱在暗處、也熟背著所有台詞的付費觀眾，好讓他們在期待劇情的無誤推進與忽然失格間，感受到我真正長時存有的挫敗感受，也就是某種長期被他者所錯置與遺忘的痛楚。

多年以後，我特意去到你臨靠海濱住居的遠方房子探望你，你與你的妻子熱情接待了我。你尤其堅持我一定要去你新修整理的浴室洗澡，因為你在浴缸的上方，安置一個穹頂的玻璃窗，可以一邊泡在熱水裡，一邊望著碧色亮麗的天空。

你說：「真的很浪漫，你一定會很喜歡的啊！」

我後來答應你留宿一夜的突兀邀請，因為你說想帶我隔日一早海邊釣魚，那是你後來最著迷開心的娛樂消遣。我們必須那麼早起床出門，還是讓我十分意外，你熟練地在大塊岩石起落的岸邊，迅速為你和我預備好可以投擲入海的釣具設施，但我立即失去對釣魚的專注與興趣。我決定掏出我帶來的書，選擇一個可以躲掉被逐漸升起太陽照射的陰影角落，假裝在專心念著我心愛的書籍，其實我只是一直遠遠地望著挺直身軀立在磯岩上的你。我覺得你依舊是記憶中那個從來就有著無邊無際美麗形容的人，歲月與婚姻都沒有改變你的絲毫純淨本色，你全然和我第一天見到你那時一模一樣地美麗無瑕。

那時，我望向身後那列同樣堅定站立著整排朝向東方的山巒，暗自祈禱從山澗深谷吹拂來的那第一陣清風，可以代替我去親吻與貼靠上你身軀的芳香衣裳，讓我能親密感受到你在清晨與黃昏的每一次呼吸起伏，有如我這一片因為愛著你而長久受苦的荒地，終於被灑落了成串露水般的潔白珍珠。是的，我在這樣春天到臨的季節，因為愛著一個人而受著苦，所以我懇切請你伸出你最親愛的手指，再次親自來撫摸我這片早就荒蕪的土地，請你輕柔地親吻我的胸膛肚腹，再為我那顆長時因焦苦而燒灼的頭顱，戴上一圈花草編織成的金色冠冕，因為我已經等待這一時刻千年百年了。

是的，這一切美景所以會如此起落發生來，都是肇因於你那無邊無際的美麗，是你無意間散發出來的幾顆小火星，各自在散落的時光中，蔓延出來的亙古傷痛。所以，我必須要告訴你一個祕密，就是自那個花開蜜滴的短暫春日啟始那時，你便注定成為我的永恆迴旋曲，即令看似已然終了逝去的旋律，其實必又會回返來的春天之歌！

4.2

夏天：湖畔的小屋

那假裝已臣伏於我內裡欲望的諸多事物，有一天終會同時起來懲罰我。

我在夏天即將消逝去的那個下午，搬進去當時不相識你住居的老舊底層公寓。我單獨占據位在尾端有著漂亮弧窗的木地板房間，從我的房間可以安靜望出去長著一棵漂亮大樹的後院，那時節有些葉子已經開始轉成黃色，這和我初到抵這個陌生城市的彼時心情，莫名也奇異地相互吻合。

我們都安靜地生活在這個狹長的多人公寓空間，錯身時就是優雅微笑問好，彷彿兩顆不相干星球的互望。直到我一夜無意間發現你會裸身從你的房間走入浴間，再從浴間同樣裸身赤白地走回你的房間，我詫異地望著你有如一尾潔淨的魚，夜夜用白鶴飛翔的獨立姿態，來回滑游過我們共用的長廊。我自此失魂只能以燈塔般的目光，在門縫裡等待你燐火一樣的現身與消失。

你如天際白光閃電的瞬間出入，畢竟引發我更大的窺視欲望，讓我好奇地想像著回到你那無窗狹窄臥室後，你白晰的身軀究竟如何橫陳或轉身。終於，我在你一夜進入浴間後，迅速踏踩後院發出窸窣聲音的落葉，進入與鄰屋相隔的戶外窄道，從我預先布置的木梯及你房間唯一透氣的細高窗，小心攀爬到高處窺視你的裸身終於返來。

你入返臥室時，依舊裸身坐在床沿沉思一言不語。我忽然感覺到一陣夏日暴雨逕自奔流過我空寂的狹窄溪谷，如此暴力如此蠻橫，一如那季節颱風本來當有的熾烈狂暴。彼時，我在木梯的雙腳微微抖動，害怕自己終於要被你發現蹤跡，而你卻始終靜止如一尊高貴的大理石雕像，拈花微笑允諾我朝聖者從暗處的膜拜瞻仰。

忽然那一刻，我竟覺得你其實根本是一座已然無有人間溫度的遠方的佛，我卻是那始終慌亂不知如何點燃手中香炷的無神論信仰者，只能惶惶然迷途倉皇繞走著，不斷猜想那飄浮在雲端神像的蹤跡究竟何在。

我們平常就溫文言談交往，卻一日你竟詢問我兩人一起尋屋共租的意願，我驚恐猜想是否你已然知道我對你近乎癡迷的夜夜窺視舉止了嗎？這其實也是之後兩年間，我對你我感情如何去處的反覆臆想，也就是我們事實上彷彿已然過起一如家人般親密的生活，我感覺我事事都依賴著你的引導與指路，也甘心與你共同築起一個可以抵擋外在風雨的篷帳，同心以我們之間的平靜與和諧，對抗時時可能撲襲來的外在壓力與困頓。然而，在這樣平靜的空氣裡，卻瀰漫著一股死亡般的疑問暗影：我們究竟真的是戀人了嗎？或者，我是不是那一隻只能把頭顱埋進沙坑裡、不敢面對現實的巨大禽鳥？而你卻是長時迴游翔飛在高空、另一隻會無因隨著季節氣流出入的候鳥呢？

莫名地，我們持續迴避那個關鍵問題，無人敢真正去啟動神祕的按鍵，也無人願意直視或聆聽彼此內在溪流的湍湍絮語。也就是，我們依然以著彬彬的姿態度日，我繼續以著窺視者的陰鬱目光，揣摩你大理石雕像軀體內裡流動液體的溫度，既是期望著它某日的突然熔漿爆裂，也同時憂慮著如果那樣事實的剖露出來，後續一切生活是否還能依舊平靜如常。

我們讀詩喝酒看錄影帶去小酒館聽現場音樂，你生日我安排你的好友家人同來給你一場驚喜的派對，你當下詫異難信的表情，我依舊朗朗記得。我生日你帶我去全城最老牌的餐廳，堅持為我點了臉盆大小的鮮嫩牛排，我無論如何也吃不完那整塊血色牛排，你只是呵呵看著我笑，那是我人生至今最肥美難忘的大餐。然後，週末我們總是到鄰近住處的小酒吧流連，一家是校園窮學生經常群聚擁擠的嘈雜啤酒館，一家是帶著嬉皮氣味的波希米亞酒廊，兩人經常暢談醉飲後，再一起邁步回到轉角我們的居所，深夜有你同行我從來不擔心，因為我覺得我正就是那個幸運也莫名被你庇佑著的人。

就是在同樣潮濕悶熱的一個夜晚，我們如常微醺地返回宿處，你先用鑰匙啟門我隨身入屋，我扣鎖門時發覺你並沒有打亮門廊的燈，我納悶迴轉卻見你的臉龐直直逼視並貼靠我的臉龐，我望見你在黑暗裡灼灼如獵鷹的目光，而我們同時呼吸出來沉重的鼻息，像是催促著整座森林埋伏已久火焰的爆發燃燒。

我們隨後就如星球在軌道上的瞬間碰撞，像是任性劃過暗夜天際、莫名合一的兩道白光。由是而生的必然接續失重漂浮，以及一切事物的因果發生，一如預料也出乎我們的想像。我們彷如頓時沉浮在沒有重力的星球上，讓這一夜劃開我們布幕般看似美好的平靜與和諧，逼迫我們認知與接受一個事實，就是當散場劇終的燈光打亮後，舞台前方與布幕後同時揭露的本質，其實根本並無差別。

回頭再看，那夜我終究是害怕膽怯的那個人，我面對著鮮豔果實的邀請，終於將你已然奔馳縱橫的烈馬勒拉住，讓你灼熱的呼吸在暗夜裡只能無可選擇地逐漸消散褪去。然後，我還假裝我們如常徜徉棲息在夏日河畔的金色帳棚下，並肩注視著遠處某棵天真的巨大橡樹，相信眼前一切必然皆如往日般平靜與恆常。你確實也安詳坦然地睡倒在我身邊的草地，允許我無盡貪婪注視著你有如紅熟蘋果的身軀，並用手撫摸過你茂密囂張的密林頭髮，堅持以著無知處子的固執意念，讓現實裡已然熊熊待發的火爐，逐步化成難以回視的一場冷靜夢境。

我記起來有次同去你家族在幽靜湖畔小木屋度假的時光，你家人自然而然就讓我們同宿僅有一臥床的房間安排，還是讓我不安地想著他們究竟如何看待我們的關係。我那拘謹怕生又難於與他人同處的個性，在這幾日得到某種考驗，但其實在那裡人人都可以各自安靜獨處，維持讀書游泳或乘坐風帆船的靜默。只是這樣任憑夏日時光緩慢流淌的節奏，依舊讓我始終戰戰兢兢，也完全不知道究竟該如何插手幫忙，好加入你們似乎已經分工熟練密切的假日勞務安排。

或許，我一直是如此的緊張與難於面對真實一切，並忽略了你其實也始尾都和我一樣的步伐稠促，並沒有如我以為的安然自在。我們根本像是兩只迷途也誤入森林的孩童，一邊幻想著如何布置我們正要同往的浪漫野餐，一邊害怕著環圍的樹叢暗影裡，必然躲藏許多飢餓豺狼的盯視目光，全然無法真正放鬆感知森林想要賜予我們的豐盛饗宴。

我如今還是會時常想起來那個夏日湖畔的小木屋，以及那幾日沉靜少語的共度時光。在那焚身烈日高高奔馳在晴碧藍天時，我如何獨自憂心地蜷曲在濃郁的樹蔭下，幾度在昏睡夢中感覺到你的愛情依舊遠處樂音般傳來。我確實可以聽見天使們齊聲在對我們兩人歌詠，他們祝福般地合唱著：請快來棲息在這道冰涼沁人的泉水邊吧，這裡的溪谷長滿如茵的碧色青苔，身旁小溪流水如此清澈晶瑩，請快快卸除掉你們包裹著自我驕傲的綢衣，縱身躍入這個如美酒般甜美與純淨的流水吧。

天使們又繼續唱著：因為，只要願意讓身心徜徉入這個無染的樂園溪谷，你必會永遠熱愛著炙烈夏天的自由與無羈。

我猜想我們確實無知地錯過了屬於我們的那個美好夏日，我們曾經有機會身屬幾度殷勤邀請我們入內的那個樂園，在那裡吟遊詩人撥著銀弦地自在穿梭來去，年輕男子伸展著美好體態舞姿曼妙，全然勝過只想以南國風情來花俏賣弄的世俗姿樣，美麗少女一旁也歡樂起舞嬌豔盛放，歌聲樂音的甜美交織，縈繞穿流整個山谷不去，身畔水流清澈有如天堂，還有月桂花環為我們遮蔽當空酷日曝曬。

是的，必然是我的無知讓我們錯過了夏日的歡樂邀請，是我的猶疑讓我們與花果滿布的樂園擦身而過。我誤以為夏日時光必然會為因猶疑止步的人永遠停留，更錯以為置身與站立在幸福機運門前的人，必然就是那個命運輪盤最珍愛的小孩，而且善良的天使絕不會讓這樣無知的天真者，感覺到對於生命安排的一絲絲失望。

我們一如所有戀人那樣開始爭吵，並且隱匿地互相作傷害，我迅速就身體癱垮不支病倒，送醫急救進入手術房。在醫院病房獨自康復的過程，我日日昏睡不願醒來，開始意識到自己必須堅強起來的事實，並且一出院就斷然搬離我們共同居所。你詫異察覺我的決心如是湧現，委婉收起你同樣受傷的自尊心情，試圖想再次扣敲我已然難以溝通的門窗，我卻決心宣告並確立此刻已是季節的終了，告訴你說我們所一度共有的夏日已然結束。

那之後我蓄意放縱自己的肢體行為，不知道用意是要懲罰自己對這場夏日宴席的錯失，還是想要藉由屢屢與陌生者的短暫迷亂對舞，來掩飾這一切所以謬誤的真正肇因可能就是在我。然而，卻依舊不願意認真去面對這一切因果，根本就只是因我的無知，讓現實長成不可改變的僵硬模樣。我也曾經思考回頭再重新就你的可能，但是卻驚訝地發現一切原有的感覺，竟然有如夏天陣雨驟然轉身逝去，那樣不留情也堅決地消逝無影無蹤，只餘下地面溫熱土地被澆淋後，不斷持續冒出來的濃郁氣味，有如那最是甜美的果實，因為被無心遺忘而腐敗惡醜，終於難再入口，只能讓人轉身選擇遠離去。

我更發覺我們在經歷過這些事情之後，幾乎像是被迫離開伊甸園的雙人，還來不及弄清楚自己究竟犯了什麼樣的罪惡，就已經赤條條地並身站立在樂園的門口外面。我們努力張目回顧昨日的一切，卻只有熊熊噬人的烈焰，在門口阻擋我們的回返意圖，並望見那彷彿迴盪在雲火景象後面，看似依舊茂盛也清澈如昔、根本餘生魂縈不去我們的夏日之歌。

4.3

秋天：我寫給你一封信

詩人光有回憶還不夠，還必須能忘掉它們。

——里爾克《馬爾特手記》

我後來才明白你雖然篤實直直踏入來我最私己的生命裡，但你從來就無意長久與我定居生活，你自來一直是隻習慣獨自冬眠的知更鳥，你的每個戀情都像是巷弄裡隱密的小酒吧，是你得以容身與紓解自我、並且自由出現與消失的一座旋轉門。因為，那裡有著永遠等待你的下一杯紅寶石色澤葡萄酒，以及僅只要幾杯下肚就會隱隱陸續現身的纍纍果實。那裡的南風吹拂永遠清涼無掛，而且每一夜吹奏出來的歡樂與燦爛歌詠，都可以在隔晨初初醉醒來時，無跡地消逝在第一道吹響並喚醒整齊草地的嘹亮號音裡，甚且還能夠繚繚繞繞地任人嘴角餘韻自在咀嚼。

其實這樣的一切，必然是誰人蓄意布置果實與花朵的歡樂之歌，也是秋日為我們鋪設的美好哀傷晚宴，時光的兒女們為此翩翩起舞，因為這是對即將告別的繽紛與必臨恆久靜默的預告。而你正是踏踩著這樣時節的步伐，走進來已然失卻分別四季狀態我的生命。是的，我是近乎在第一個瞬間就接納了你的顯身與存在，並逐漸發現你其實更是眷戀自身生命的某種倒影，彼時或因我一廂情願的急切，以及被某種寂寞的籠罩驅使，因而分不清灼灼顯身在我眼前的你，究竟是一具有著真實血肉的人體軀塊，或其實更是只能憑藉月光映射水面，所迷離飄忽斷續浮現的靈魂光影。

這應該是我們從頭到尾的遊戲所在，就是一道道迷宮幻影的自我破解，一個個隱形城堡的撞破驅入。許多自以為存在的歡樂與勝利，最後卻與煙花的綻放及節慶的善忘，那般地讓人感覺一樣的疲憊與徒勞。但是，我們也完全知道秋天從來不會騙人，秋天全心用她的華麗與饗宴，安慰我們對於酷寒季節即將降臨，必然等待追捕我們的失落心情。那是每個黃昏晚霞對著逝去白日，有如孔雀全心展羽的璀璨與不捨，更是對遠方黑暗風暴必將呼嘯來臨，身心緊張不安的神色對峙。

你那時電話來告知我你跌落山谷，並且越野單車墜入谷底無存，你幸運地從截獲你的樹枝裡攀爬出來，並得到他人協助地安抵山下的派出所。你就是從那裡借電話問我可以開車來接你返回嗎？我瞬間先是腦子一片空白，立即決定讓你直接搭計程車遠處回來，這可能更是能夠節省往返的時間。你返來時神情失落也沮喪，我卸下你已然殘破撕裂的衣物，用藥水為你擦拭身體的刮傷，但你其實身體壯健並不畏懼這些傷痛，就自己入浴室脫衣沖水，洗去身上沾滿的泥濘。

我忽然聽到淅瀝水聲中，發出砰砰大聲的撞擊聲響，急忙入進去見你正用頭顱敲撞白瓷磚的牆體，我驚慌地環衛著你裸濕的身軀，問你怎麼了你為何要這樣對待自己？你低垂頭一言不發，一如在我們的關係裡，不斷重複經歷的溝通模式，就是你彷如永遠隻身處在黑洞的深淵裡，堅持獨自吞噬著什麼鬱黯的懲罰果實，不僅拒絕我的進入，也不回答我一切的善意探問。

我從來無法啟開你決心閉鎖的暗室，這原本沒有太干擾我期待的簡單生活與心情，我們還是隱身地啟動了我們間奇怪的互動戀情，就是讓外人感覺似乎我們之間存在著什麼月亮缺陰晴難判的關係，卻又難以明確釐清是否真有戀情正在進行。基本上，我們絕對不在公開場合表露任何清晰連結，雖然我們有著某些共同的社交圈，而且大家皆知你才剛從一段黯啞的婚姻裡走出來，你似乎寧願依舊用那樣失婚男的弱者身分繼續出入，我則選擇一切都尊重你決定的姿態，但其實我知道任何這樣的喬裝都不可能長久。

我逐漸習慣你不定時來我居處停留的模式，用幾乎固定同樣程序共處度夜。大半沒有交換什麼深刻話語，就是聽你說一些對工作的抱怨，然後一起喝些酒，默默地上床做愛。因你的性格本就黯啞少語，我也逐漸覺得或許這一切自來就應該如此，我唯一能感覺得到的安慰與溫柔，是你會喜歡在睡前偶爾為我讀詩，我並不會專注去聆聽每個字句的意涵，我就是讓自己沉浸在你顯得厚實平緩的語調裡，沉沉浮浮地墜入睡夢。

你似乎意圖在工作之外，尋找或伸展你的自我價值可能，譬如在我生日時送我一張你精心拍攝的街角夜景，也在某日忽然傳送給我你已寫一半的小說，我只是回覆似乎顯得有些遲疑、也其實不夠清晰的讚語。現在想來我顯得保留著什麼的美言，只是更加深你對生命的不能確定，因為你對自己一直有著隱藏著的期待與失望，好像一個會無因夢想非要穿上想像中華美衣服不可的小孩。而你所以會如此，或許與你生來即是受寵愛的獨子，以及有一位廣受他人尊敬父親的背景有關。你似乎一直背負著你對你生命花朵必須燦爛引目，一切應當不只如此蕭索平淡的隱隱壓力。

我不知道這與你後來熱愛進入山林野外的冒險是否有關，因為在現實裡你相對缺乏同樣挑戰各樣人際社會環境的勇氣，而你會顯露出令人時刻擔心意圖跋山涉水的勇氣，和你時時顯得躑躅猶豫的現實舉止，當然有著立刻鮮明也可辨識的巨大差異。我見得出來你父母加予你許多良好的薰陶培養，譬如你酷愛也擅長的滑雪技巧，以及你對於飲食品酒的敏銳品味能力，還有對於閱讀習性的從來自在習慣養成。

在我們唯一遠方的旅遊裡，途中我臨時起意轉去到一個馳名的潛水小島，並加入必須住宿其間的一週密集潛水課程。我在半程發覺我對於身體落處海洋水底有著莫名的幽閉恐懼，同時會因海水寒冷身體發抖不止，教練讓我單獨地穿上特製加厚的潛水衣，甚至最後為我同時套穿兩件也依舊無效。我於是選擇放棄餘下的課程，只是悠閒讀書曬太陽，耐心陪伴你完成所有課程。但是，我那時已經察覺到你奇異顯現的距離感，譬如我早晨望著你們船艇出海上課，你並沒有微笑回頭看視我，或露出任何留戀的暫別情緒，你的目光就只是一直望著海洋的遠處。

你果然在假期回返台北不久，忽然一夜在我們熟常去的小酒吧，先用菸頭自虐般在手臂燙出幾個疤痕，在我驚訝憤怒地制止你後才停手。並在隨後返回的計程車裡，先是拒絕同返我處的建議，並且隨即告訴我說你在工作出差時，已然新啟了另外一段戀情，並且迅速也似乎沒有什麼猶豫地，我見你又再次地步入到另一個匆促的婚姻裡。

我忽然記起來一首你曾經為我讀來伴眠的詩，這樣帶著迷離與神祕氣息的詩句，其實從來不是你所喜歡的風格，我想你是在我床頭的書堆裡，隨意翻開取得並無心讀起來的。我知道你更熱愛的只是你在閱讀時的存在感覺，而不是這些詩句的沉吟話語。

我再次翻找出這首詩，並抄寫出來：

幽閉的花蕾向太陽綻放美麗，
愛情奔馳在顫慄的血管裡；
清晨在眉宇間環飾著鮮花，
垂落著那含羞夜晚的明麗臉龐，
當濃稠夏日齊聲歌唱時，

長有翅膀的雲在她頭上遍灑鮮花。

空氣精靈們依賴果實氣味而活；

綻發出羽翼光芒的喜樂，遊蕩在

花園內，有時棲坐樹上歌唱。

我後來其實覺得我們分開也好，因為你的鬱鬱不樂與躊躇猶疑，與我意圖過著簡單無慮的生活，一直顯得彼此格格不入。而且，我絲毫無法給予你任何幫助，對我而言，你依舊一直是那個總躲在緊閉門後、吞噬著自己苦酸果實的小男孩，我意圖的一切好意舉動，只會因不斷被你拒絕否定，而更顯得荒謬與自作多情，分手遠離恰恰是我們必然的最恰當結局。

我們分開很久之後，我才意識到我其實已然長時地墜入了奇異的憂鬱情緒，我有時會放空思緒望著鏡中蠟人般的自己，同時莫名地流著淚與哭泣。是的，我終於明白我也像你一樣壓抑著自己真正的情感，我們從來就只是兩隻相互取暖的失親幼獸，以為這樣被世界隔離開後的彼此微弱體溫依靠，可以讓我們安全抗拒寒冬的即將降臨。而且，我在你身上見到的所有害怕與迴避，其實也一模一樣地發生在我自己的身上，只是彼時我因為尚且不能見到真正的自己，就單純以為這個世界和我一樣的盲目與自欺，所以必然看不見我裸身無遮的驚慌模樣。

是你讓我終於意識到坦露者與躲藏者必然存有的不同面貌，讓我清楚知道也明白生命的路徑，其實就是自我選擇的結果，而非他人目光所可以任意來指引暗示。現在我再重新回看這一切，發現在我分離你之後，反而正是我寫作源泉的一段爆發期，我突然理解到必須去面對現實、並能勇於與之對決的必要。我也因此得以重新錨定我再次啟航的方向，而你正是在全然黑暗裡，那座反覆閃爍著求救光亮，因而一度誤導我的燈塔。你的突然滅絕並轉離走你燈火的決定，反而讓我看見晨曦的那道光明，其實一直在前方照耀不曾遠離。

我也試想過若果我們彼時並沒有分手，現在一切又會如何呢？然而，這個念頭每每會讓我倒抽一口氣，就光是想著你總是深藏在內裡的陰暗不明情感，以及拒絕接受與承認我們也可以簡單地幸福下去，這樣雖是微小也巨大、卻又永遠搖擺猶豫的日常事實，就彷彿像是要讓我重看一部驚心的恐怖電影那樣，心底不免生出驚顫與抗拒的噩夢迴避感覺。

然後，我便只能對自己反覆說著：「就讓我們接受在這樣的秋日季節裡，所有大小樹葉終究必然發黃掉落的事實吧！這是秋天季節當有的風景，也是生命走馬燈不可復返的輪轉切片，我們只能等待期望這些枯黃的落葉，終於成為寒冬想憑靠過往回憶取暖時，偶爾用來添加柴薪的存糧備料了。」

於是，啦啦啦又啦啦啦地，看來總是歡樂滿綴的秋天，我們繼續自在坐著唱歌，彷彿時光永遠會單獨為我們止步歌唱。然後，就在我們殷切目光的注視與告別下，秋天起身從容地整好衣裝，逕自越過荒山消逝去，完全忘記遺留的金色滿鋪豐盈記憶，依舊瀰漫在所有人的眼鼻胸懷，餘生不曾真正散失去。

4.4

冬天：銀戒指的故事

死亡一如風景
美麗、神祕、浩大
永遠以令人戰慄的幽微小徑
迎接我們的進入

我終於明白我的愛情所以會春日蓓蕾初綻、夏日盛開遍野，以及秋日能夠歡欣收割，其實都是因為意識到冬日的即將來臨。或者更正確地說，是意識到有如陰影般一直站在我身後，盯視著一切發生的冬日巨獸，才督促我不覺依循遠遠傳來有如葬禮的低沉鼓音節奏，亦步亦趨行走匍匐至今的必然結局。對於這樣陸續發生來的一切狀態，我其實一直有著某種感覺與意識，但也同時抗拒不願意去認真面對，像一個永遠不肯回望自己影子的人，以為只要更是加速地奔前去，就可以擺脫這陰影的追襲與詛咒。

然而，影子是永遠無可擺脫或斷離的，因為一切形體都需要陰影的襯托，所以才得以顯現自身的確實存在。但是，陰影從來是可以被盜取或替代，如同靈魂經常暗地裡悄悄決定交易變身，雖不會消失卻總是持續幻變。因此，陰影所愛寓身的冬日，就是一首永遠不能完成自我戀曲的孤單影子，有如一位依舊對所愛者懷抱著愛戀與期盼的女子，因為莫名被驟臨的大風雪襲擊凌遲，因而凍僵成一具無法真正腐死去的魂魄，只能獨自在暗夜斷斷續續地唱著繚繞不去的哀歌。那樣哀淒纏綿的歌聲，日復一日地穿飄在風雪裡，讓形影孤單的趕路人，有如聽見狼嚎熊泣或弦聲鼓音，呼喚與追襲的真假虛實間依稀難分。這女子秉持著必要完成這首戀曲的意志，依舊日夜孤身立在風雪裡，等待那命定共舞者的出現，可以一起走過漫漫長冬，到抵那等候在風雪終點、已然被誰庇護的溫暖家屋，重啟四季迴轉也繽紛絢麗的生命。

是的，我就是這樣在一個天真的獨行旅程裡，遇見隱身在一個手工打造的二手銀戒指裡的你。當時我渾然不覺，甚至還買了其他許多物品，像在森林裡歡欣採集花朵果實的小男孩，完全不自知已被什麼巨樹後面的精靈所揀選了。此後，我和這只你藉以藏身的銀戒指，身影相隨地度過生命的許多波濤起伏，我始終遲鈍地渾然不覺，你也一直靜默無語。現在想來，在我隨後其實不斷接續而來的突兀凶險與危機裡，你究竟一直是那個參與布局的陰謀者，還是一路旁觀與擔憂著我安危的善意施救者，我從來也只能猜測難以分辨。一如你對我所施加的一切恩寵，究竟是報復者的惡意或庇護者的愛意，我其實也同樣無法釐清。我只能感覺持續吹拂我身的遠方氣息，時而像是夏日的南風習習，也時時有如冬日的北風呼嘯來去，幸福與威脅總是擺盪不定，恰恰如你在對我溫暖送懷與凜冽震懾間，永遠迅速難測的身影轉換，使我總是猶疑與迷惑。

然而，你如此緊緊黏貼我的身軀拒絕離去，以及時而會迸發的爆裂妒意，讓我完全確知我是被你所精心揀選的那個人。但是，難道這是你想讓我更可以明確感知你存在的方法，藉此讓我明白我已是你真正的所愛者的血肉證明嗎？只是，你的憤怒經常帶著狠毒作為的報復氣味，尤其會針對那些對我似乎好意施放頻頻的無辜他者，但也會同樣施加在對我惡意不絕的懷恨者身上，並瞬間就不留情地展露你風暴般的懲罰。似乎你一直堅持想要在我身心的四周，建立起一道透明的屏蔽帳篷，不讓任何人得以因愛對我貼近或因恨對我施暴。讓我像是一個專屬於你的純然赤子幼苗，那樣地被你珍貴收藏保存著，彷彿我恰是因為什麼不可知的緣由，而被你所認定為一塊無可替代的獨特碧玉。

對於你這一切行為與動機的隱約認知，讓我不免心生抗拒與憤怒，因為我絕不接受任何他者以愛或恨為名，想來意圖使喚擺布我的人生，況且我從來就拒絕相信所謂命運與宿命的存在，雖然我因此經常被懲罰地不斷顛仆崎嶇在可笑的人生路途裡。但是，我其實也完全知道你一直默默側立一旁地觀視與扶助我，你彷彿是那個明白必須忍心地讓嬰兒屢屢受傷摔倒，才能破繭成長茁壯的耐心母親。或許，正也是因為在你的內心裡，一直存有著你以記憶、想像與期待，所交裹而成的那個我，因此你對我所施加的愛，完全就是你個人意志的壟斷、護持與期許的綜合體。你是那個總是認真地彎身添柴燃火，以及反覆起爐鍊鐵的人，而我就是莫名被你認定的那顆尚未出土舍利子。

我有時也會這樣揣想著，是不是你其實一直在幫我建立愛情的自我核心，因為我在愛情裡從來顛簸難行，長久地處在失重、漂浮與逃離的狀態。而且，我全然沒有真正的自信與自覺能力。所以你故意讓我的身心欲望降低，不會因貪食而四處濫取，你讓我傲氣外露無視他人，所以可以抵擋那些毋須有的蟲蠅招惹，你甚至在我年紀即將邁入荒老時，為我揀選可以同行相伴的入幕者，並投身入魂地親自指導，甚至加入共同演出。

所以，我們便有如共度風浪的偶戲內外場角色，甚至不再區分演者與觀者的差別，任由所有喜劇與悲劇交疊輪番出現，彷彿一切都是自然而然的結果。譬如，爾後突然臨來我身的各種駭人重病創痛，和反覆出現的意外事故與異樣徵狀，甚至在我身上陸續顯現衰老者的諸多病症，一波接著一波滔滔潮湧上來不停息。

我面對著這一切，有時只能跪地哀切祈求，呼喚你善意的聆聽與垂憐：

無際黑暗的冬日啊，請拴緊你剛硬難摧的門扉：
北國的世界屬於你；你在那裡築起了你的闇黑國度、
以及深幽的居所。請不要掀震開你的屋瓦，
也不要使用你的鐵甲戰車，來衝撞並彎曲我矗立的門柱。

然而，你卻全然不理會我的籲求，讓我繼續驚心生活在對下一波風浪來襲的恐懼裡，我只能安慰自己說這是必要的試煉，因為這就是攀岩登頂前，本當出現的絕壁與障礙跨越，完全無人得以倖免或試圖逃避，而且本來並無任一次苦痛，是他者的蓄意添加與意外。但是，我也感覺到我們如此隱隱地相互對抗，其實依舊長時存在一直從來未散，這同時伴隨你對於我終將到抵那個未來人生處所的安排想像，以及相偕而來各種你認為應該施加授與我的馴化、規訓與制約，根本從來就沒有真正消退出我的人生之外。但是，你也知道我的稟性向來頑劣不馴，絕對不會屈從於如你這般的任何外在威迫，即令必須與之對峙與決裂，我其實都是在所不惜。然而，也許正是我這樣性格裡的矛盾與錯亂，終於譜出了我們難以梳理的複雜關係。

一次，忽然有大學認識卻之後完全失聯的女子，匆匆遠方回來尋找到我，但因行程急促只短短過來看視我一次。她顯得熱情歡喜，卻立即發現我手上的銀戒指，要求我脫下來給她看，我取下戒指遞給她看，卻讓她驚慌害怕地縮身迴避，說見到一位異族裝扮女子的顯身。

她說：「這女子必是特意選擇跟隨了你，她並且不讓其他人得以近身得到你。」我問說：可是這女子何必要如此辛苦自己，特別來為難我和她的彼此人生呢？她說：這女子生命當初因含怨而早逝，而你本當是獨居山洞的避世修士，她自己選擇伴隨來護持庇佑你，讓你可以逢凶化吉順利到抵你當去的終點，應該這本也是她化解自我厄運的必須昇華救贖路徑。

她又說：女子脾氣凶厲而且無有任何的耐心，所有遭逢者都要各自小心。果然同一夜我返家入門，竟被大隻蜜蜂在自家廳堂直直衝刺叮咬，並斷然死在我的額頭，甚至夜半我因此高燒必須直接送醫院急診解毒。隔日她一早立即來電話說，那女子亦對她憤怒交加，讓她一夜關節肌肉酸痛不止，她也正在尋求高人協助化解這女子惡意的詛咒，她並善意告訴我千萬要自己小心，這位女子的愛意恨意交織難於自己分解。自那日後，這位大學舊識便又消逝無蹤跡，讓我就是從一團不可知的迷霧裡，茫然無解地又走入去另一團迷霧中。

是的，我發覺你全然不理會我的所有籲求，就是逕自地從你的深淵裡幽然也固執地馳駛直行過來，繼續釋放你包裹著鋼肋條般強悍駭人意志的風暴。我全然不敢睜張開我的雙眼，去看視你的模樣到底有多麼恐佈，因為你朝向這個世界高舉的權杖，竟是如此地狂暴無情，讓人難以承受。大家請親眼看啊，這個皮膚下包裹著巨大骨骼的可怕魔怪，已經跨上發出呻吟哀嚎的岩石，並讓萬物在死寂中逐一地乾涸萎逝去，再雙手剝除大地生長的一切綠意，使脆弱生命因此都凍結停止生機。

所以，即令生活在明媚晴麗的季節，我也不由自主暗自過起有如凜冽冬日的避寒舉止。恰恰如那位大學舊友說她完全可以見到我彼時在山洞的模樣，就是披著一件罩頭連身的灰長袍子，長時間一人獨居不語，偶爾才會出來走動見人的吐絲裹繭冬眠者。我問她那麼我與那女子為何會有這般的姻緣連結呢？她說必是女子的什麼前世功課未了，卻唯有你能替她完成那未竟的冤債旨業，而且畢竟是她主動地揀選了你，並不是你揀選了她。我又問說那我為何必須要為她去承擔如此的生命艱苦，她說這是你們被命定安排的一段生命共行路徑，本來就沒有什麼究竟是為誰，以及到底一切為何或不為何，所以才如是作為的人間邏輯啊。

我依舊並不能夠全然理解為何會被這樣魔幻與莫名的外來力量，作出私己生命安排的真正緣由為何？然而，卻像是終於習慣窗外悽厲北風的日夜呼嘯，我已然能在冷凜死寂的時刻，獨自咀嚼起黑暗寒凍的時間滋味，藉由不斷懷想春天、夏天以及秋天的陽光風雨，彼時各自蘊藏吐露給我的多色多味訊息及氣味，心懷感激地凝望此刻伴隨我過冬的殘存僅有薪柴餘糧，讚嘆自己竟能平安一直到今日現在，這一切是何等地神奇與美妙啊。

所以，我現在就著熾熱薪柴所散發出的火爐光芒，再次打開來那本奧義詩集，虔誠地對著空無的宇宙，緩慢地閱讀起來：

他倨傲地坐上海岸的峭壁；航行的人們
徒然無助地哭喊。可憐的小生命們啊！
只能驚慌失措地應付著風暴；一直要到天國終於展露出微笑，
那魔怪才會嘶嚷著被趕回到他火山底的洞穴。

昨日牆上一幅油畫忽然墜落下地，我覺得這可能是一個你的訊號與徵兆。那其實是一幅敘述早夭男嬰的哀傷圖畫，繪畫者正是依舊處於哀痛難癒記憶的父親，甚至那個畫框也是他自己所簡單釘製的，看得出來必是因經費與材料的短缺，因此他才潦草地用手邊僅有木料製作而成，完全就像是一具匆忙寒酸的嬰兒棺木。我望著突兀落地有如發出哭嚎聲響的畫作，內心有些訝異與不安，暗裡決定應該要為它重新做裝裱。於是，我特意去到鄰近裝裱店裡，揀選一個華麗勾勒金邊的實木畫框，彷彿要為它在長久寒冬覆蓋下的冰冷軀體，重新布灑下待發芽的遍地新生種子，並全然相信冬日必盡的生命必然法則，因為人人皆知春天已從遠處匍匐逼近來了。

我對自己說著：這個長久孤寒失親的嬰魂，必然可以如寒夜裡嶙峋枝幹上的新生芽苞，終於再次尋回生命啟動的契機。

然後，就當我正要離開鄰靠我居處不遠的裝裱店，殷勤女店主忽然在身後欣喜叫喊著：「你看你看，這張畫的天空上面，還有兩個天使呢！」我立刻回轉看過去，在男嬰空洞無助臉龐的兩側上方，不知何時竟然出現兩只翔飛空中的小小白色天使，他們以著彷若無心途經這裡，那樣閒淡巧合的輕鬆神情，現身在已然莫名脫離了人間脈動，正處在長時孤苦獨存狀態，無依無助的男嬰上方天空，隱密無形地繞飛來去。

我安心踏出店門，心懷感謝地說著：「謝謝你們啊，終於如約降臨來的兩位小天使，謝謝你們的祝福與庇佑，以及謝謝這個必會終了的漫漫冬日！」於是我再次想起你，想起你與那冰雪風暴總是相接連的坎坷命運，想起我幾次莫名涉險卻又奇蹟般安全返回來的奇怪經歷，想起我們似乎終於落入到必須要相互扶持以及捆綁共行的此刻命運道路。甚至，我還因此想起總是會在最寒冷時刻現身出來的聖誕夜晚，那總是在無邊殘酷的寒意裡，夾雜著幸福與落寞、期盼與哀傷的混雜情緒，讓人只能含淚並虔誠屈膝地衷心祈禱與等待的神聖時刻。

我想你所以決定如此出現來，必是因為我的殘缺，也正是我自來就不完整的本質，誘引了你的終於到來。你用無底黑洞的無邊耐心，來安置收納我萌發無序的雜亂枝椏，讓我的季節有了各自的色彩與意義。你以苦行者的行事風格與臉色，嚴格地看守任何我對於他者食糧布施與接受的欲想，因為你堅持必須堅守彼時許諾的戒律，以能等待每一個愛情與盼望，可以開始萌芽的春日終於現身。我們恰恰是兩個跛足蹣跚的殘缺共行者，你也是我們共同城堡的必然守護者，你因此是我必須學習如何靜享呼嘯來去寒冬沉靜，學習如何懂得體會一人獨坐閱讀與無聲進食的樂趣，學習如何能夠讓我的呼吸節奏，逐漸得以與火焰以及你的信念，終於合一同行的時機到臨時，成為真正是你尋求對舞的唯一那人。

你雖然總是讓我覺得不安與恐懼，但我本性的不屈意志，讓我對你維持抗拒不妥協的姿態，可以決然轉身不願順服。然而，當我見到遠處風暴黑暗撲襲過來，依舊會徘徊躊躇與信心動搖，我完全明白我們正一步步地走向某一條小徑的幽暗密途，就如同你對我屢次顯示出那已然在終點長久等待我們的光明隧道，以及那兩列並立在雲朵間的仙人菩薩們，在迎接我到臨時所吹奏出來的飄飄樂曲，這一切就正是黑暗必盡光明將現的證明。

這恰恰有如我在某本書上所閱讀的一段文字，那書寫者彷彿是獨獨地在對我言說：「如果擁有一座房子，就暗示已經接受了世界上的一個穩定的狀態，那些已經宣稱放棄他們住房的人、朝聖者和禁欲主義者，就會通過他們的『步行』，通過他們永不停止的運動，來表明他們對離開這個世界的渴望，也藉此來表達他們對任何世俗生存狀態的拒絕。」

是的，所有顯現出來的幸福事實與承諾，一直如星斗在遠處清楚也持恆地昭告我，不曾在任何一刻無因黯淡或消失去。是我因心虛害怕所以閉眼轉目，才會誤以為世界即將被黑暗籠罩統治，其實光明根本從來就不曾黯熄，春天也不曾意圖棄絕我們。這一切正如莎士比亞《哈姆雷特》第一景裡，言說黯淡夜晚終將消逝去，光華聖潔的黎明必會誕生，因為雄雞已然不停歇地四處啼叫，眾鬼因為害怕而隱身躲藏，天空一片澄明壯闊自信，邪星無光四散崩解。

是的，莎士比亞確實相信光明必將到來，所以他才會在劇本裡，寫著對光華聖潔的憧憬：

幽靈在雄雞啼時消散；
也傳說在聖誕前夕，

雄雞夜不停啼，
眾鬼勿敢出遊，
因此夜晚清明天無邪星，
精靈不鬧女巫乏咒。
此誠光華聖潔之辰也！

然而，我不免會想著這一切所以如此發生，是不是肇因於我與那只銀戒指的意外邂逅？是因為我的好奇心與天真，誘引了那位女子的什麼動機嗎？或者我本是她長久就在等待的人，是否就是命運蓄意地安排了這樣的旅程與路徑，並且讓一切的因果與意外，都顯得毫無心機那樣自然而然發生來？

關於那趟奇怪的旅程，一如我其他的旅程，並沒有什麼特殊可以去銘記的事情，我並不想特別再次詳細敘述。但是我清楚記得我一日就莫名參加了一個登山的旅遊安排，甚至連即將啟程去攀爬的山嶽，我其實也一無所知。我就是和一群並不相識的旅人，被小巴載到半山腰某處，一行人被放下後，開始陸續沿著狹窄的山徑向高處行去。我迅速就落單成最後的一人獨行者，並且發覺自己竟然會呼吸急促，完全沒有力量挺立向前行去。我意識到我可能將會獨自困倦死在這條山徑的可能，甚至成為那山嶽依舊還會出現豺狼禽獸的日常食物祭品。被這樣恐懼籠罩的我，因知道就算回頭下山，也無小巴人跡守候，只能繼續無助地匍匐蹣跚前進，竟然最終讓我攀抵上那峰頂，並且還得到兩個駐守觀測站年輕軍士的協助，讓已經凍寒也無力的我，有著溫暖火爐與熱茶的救濟，並在順利恢復元氣力量後，得以自行從另一側下山平安返回。

這一個幾乎讓我可能瀕死的意外事件，我一直覺得就是我自己無心大意的必然後果，但是日後想來那其實也就是我遇到銀戒指的隔日，莫名地臨時起意突兀被驅使進入這些後續發生的事情。我似乎無意間就走入什麼陷阱與圈套，而且更是神奇地，也同樣無因地被另一個不知名力量所引導與拯救出來，並且在整個始尾的發展過程裡，我都有如一個盲眼者那樣無知覺、也不能自主明白這一切事情為何如是發生來，就只像是被誰人操弄把玩的一只偶戲角色，全然不知何時才是這齣戲劇的結尾時刻。

我其實日後在大學舊友出現來警示我之後，就十分迅速地依照她所指示的程序，拋棄去這只銀戒指，而且想來這其實都已經是二十多年前的舊事。只是這個帶著神祕姻緣般的離奇故事，卻從來沒有真正從我的腦海裡消失去，就是我屢屢在人生起伏顛簸的某個黑暗時刻，就會想到銀戒指的存在，同時不可免地想著自己所以會屢屢落入黑暗凍寒的處境，以及神奇地得到什麼暗處的神奇救助，是不是都是緣由於這只當時被自己無心入手的銀戒指呢？並且，隨即也想著那女子與銀戒指在被我拋棄後的命運，是否有得到誰人接手的護佑救贖？或者，其實她也還是依舊如陰影般尾隨著我的步履形跡，並不願意罷手放心地真正自己獨行離去呢？

我依舊記得我當時所步入的那個邊遠異族村莊，有著沿街連綿的漂亮傳統屋宇，有一條小溪溝渠一路相伴蜿蜒，加上種植垂柳與平緩清澈的溪水，更讓一切顯得奇幻不真實的離世平靜。然而，那時外來遊客的陸續開始湧現入來，明顯已經破壞居民的原本生活節奏，以及原本看待事物價值的平衡點。譬如，許多依舊以傳統服裝作打扮的婦女，就在路邊地上鋪展家中舊有的各式物件，等待尋奇遊客的討價還價，生活日常已然被攤平成可笑廉價裝飾品的瞬間買賣。

我也迅速被這樣的景象吸引，並加入了急於購買什麼觀光紀念品的舉止，實則是在揀選著他人真切家族與生活記憶物件的狩獵行列。我尤其被各樣手工打製的白銀飾品吸引，而這一只特別的銀戒指，也就是我當時無心買下來的，我那時甚至還從路邊一個坐在家門口的不相干老人身上，發現他穿著一件多隻飛鼠皮毛綴補而成的奇異背心，堅持出價說服他立刻脫下來，出讓給我地購買了回來。

是的，在這樣的整個過程裡，我的舉止行為就像是冬天凜凜的北風，沒有溫度與知覺地，迅速橫掃過在暗地獨自哀嚎的蒼茫大地。那麼那麼，是否正是因為我的傲慢無知，才引來女子對我的特別注意？而且，她選擇日後對我施出的某種生命告誡與救贖，是否其實就是透過對我彼時的傲慢態度，所作出來的一生持恆懲處與糾正呢？

在時日很久以後，我因為一個奇怪的機緣，忽然又被邀約回到這個已然是旅遊勝地的村落，去對一個同樣是從遠道他處而來的組合團體，作一場奇怪的演講。我望著已然可以直接從他處飛達的新機場，以及街市上穿流擁擠的消費人群，明白這個地方終於一如許多無可辨識新興粗糙城鎮般地失卻原有的靈魂了。我幸運地被安置在完全遠離開商業氣息的城區，身處在一座幽美山腰的度假接待中心，從那裡可以清楚望見我曾經攀爬、甚至差點喪命那座長年覆蓋白雪的神祕山麓。

我完全沒有攀爬再訪的野心，但幾度我順著廣闊的草坡，獨自漫步走往向山腳的方向，卻會止步在一群散亂的無名崗塚前，那些粗糙石碑上刻寫著說明這是一群戰時孤獨死在異鄉的無名軍士，被當地人以他們此地傳統的墓塚方式埋葬在這裡。形狀有些高聳奇異的墓塚，都離奇地朝往著同一個方向，我猜想那方向或就是他們曾經的家鄉所在，而那些成排豎立的石製墓碑，好像依舊在仰望等待著什麼遠方家人呼喚的終將出現。

那幾日，我平淡空白地生活在顯得過度奢華的屋子裡，意識到過往的一切記憶必然終會轉變遠離去，就不免再次想起來那位因我也遠離開家鄉的女子，她是否能尋得回來這樣面貌已經全無的家鄉呢？或者，就是因為預見了這一切的必然如此幻滅，她當年才決心寄身一只銀戒指，隨著一位陌生人如我地遠走離鄉？

那麼，這女子究竟是誰呢？她生時究竟遭逢了怎樣的不幸？難道她的生命只是因為成全我的起落憂喜，所以能得到存在意義的嗎？或者，我只是她在不可知漫長行旅中，必須路過休息的其中一座無名客棧？或甚至，我們就正是彼此命定要相互守望的墓塚呢？我提供了她短暫避風雨的頂篷，她則順道檢視了我老舊待修的生命屋宇柱梁，並且霸道地既拆除也施工加添，想要善盡她救濟協助我的責任呢？

還是，她就是那個一直等待在季節尾端的永恆長夜，耐心一旁觀視著其他季節的萌生輪轉與終結，然後才親自在最後現身，為這一切的門窗關閉扣鎖。因此，她既是寒夜風暴的引入者，也是不斷盤點儲糧薪柴預備過冬的憂心者？所以，她必須同時既是那施暴者、也是那唯一的解救者，她因此就是我一切風雪災難的核心與漩渦，也是我失魂落單無助時，總是會現身的庇護居所，因為她必會提供避險路徑，並在其中暗藏那不可免的掉落陷阱。

是的，我這樣再次回顧去，逐漸明白了她向來的存在方式。她就是那乘著最後一道彷如救贖與安慰的溫暖南風到來，卻忽然吹響起北風颯颯號角的同一個訊息者。她無所懼地直接統御了我的世界，完全無視我始終存有的對抗與不屈服，因她自認是那個宣稱四季已然終了的完結者。

而且，她比任何人都還明白，下一回合的四季輪迴，必然依舊會在黎明顯身時再次演出。也就是說，在每個黎明出現的那個神聖時刻，必會重啟一次這樣流光與黯影交織的命運戲碼，我們並毋須擔憂，也不必過度期待。

所以，我對你說著：神祕的女子啊，你就是冬日遣派來的莊嚴使者，你宣告黑暗與光明的無可分離，以及顯現神聖與罪惡的真正面目，其實根本可能源於同處。你完全明白光華與聖潔的意涵，必然是隱身在黑暗之中，於是你親手卸放下來宣告劇終的紅色鵝絨簾幕，並大聲地向所有付費的觀眾宣布：「今夜的演出到此為止，明日敬請提早光臨！」

4.5

雨季：夢的復返與終了

晨起沐浴後，不經意轉身見到鏡中我背部的股溝上方，有著一塊暗色的印痕，有點像是嬰兒生來就附著股部的那種黑青色澤胎記，彷彿生命得以降臨的允諾證明，此時再次貼附到我的股背暗處。是否這是命運之神對我逐漸鬆弛去的身體，又想重新作出什麼承諾或標記？我立刻戴上眼鏡仔細回望頻頻，甚至用手機拍攝下來認真反覆研究，想著是不是立刻去給巷口那位家庭醫生看一下，畢竟我現在每三個月就一定會去診斷一次，也順便領回我的各種年老者固定吞食藥丸，我們彼此已經像是十分熟悉的老朋友了。

我遲疑地反覆想了一會，思索著這個印痕的究竟原委，覺得也有可能根本只是我前幾日散步附近小溪步道時，不覺走得太遠去到上游那裡，會不會因此肌肉筋骨有些隱藏的疲乏傷痕，才會忽然浮露出來這個像是挨了誰人一記重拳的奇異印記，或許我應該還是要先等待幾天看一看，說不定就會無聲無息消褪去了。

就在反覆擔憂與猶豫之間，忽然我從這個浮現出黑青色澤胎記的夢中驚醒起來。窗外已經是明亮的白日，我立刻進到浴室，對著鏡子脫光衣服，再三確認我的股部上緣，並沒有長出來什麼黑青色澤的胎記，才終於安下心來。

根本，就只是又一個帶著奇怪訊息的夢境。

但是，整個早上腦中一直有著不祥的什麼預感，先坐下來定神打開電腦，一封奇異不熟悉的信件就立刻跳出眼前。寄信者是一個拼音的陌生異國名字，他用顯得客氣略略生硬的英文，先對我表達抱歉這封信的突兀打擾，然後說明他是M先生的助理，這封信也是由他代表M先生，想要邀請我到他們所在的峇里島去休假旅遊幾天。

他說：「麻煩你依照自己方便的時間與航班，先自行訂好合適的機票，這和你到此地後住宿與交通的所有花費，M先生都會全部負責招待，我也會擔任你到達峇里島後的陪伴者。M先生要我特別提醒關於你們的一段共同記憶，就是你們是二十多年前的朋友，一起去過東南亞的某個國家旅行，M先生說他那時確實是太年輕衝動，做出許多幼稚可笑的舉動，甚至還傷害到你們後來的友誼發展，讓他一直覺得愧疚難安。因此事隔這麼久遠，他還是要我設法找到你，並親自邀請你來峇里島休假，讓他擔任你整趟旅程的招待者，也算是他對自己某一段記憶的懺悔與彌補。」

他特別說明M先生並非本名，由於他已經不再使用以往的名字，現在大家都稱呼他M先生，連他雖然身為助理，也不知道M先生原本究竟名叫什麼。但是，「M先生說這完全沒有問題，只要告訴你二十年前曾經同往東南亞的那趟旅行，以及兩人因此的爭吵失和，你立刻會知道M先生究竟是誰了。」

這封信讓我掉落入一段久遠的記憶，我的確曾經和一個年輕的歐陸男子結伴旅遊，也在那趟旅行的過程裡發生一些爭執，並且此後就相互不再聯絡互動。現在重新想來，旅遊過程其實並沒有什麼嚴重的事情發生，我會歸結於我當時對人與事的許多誤判，包括對於旅行及同行伴侶的過度期待，所以才會造成失落與怨怒，並不全然覺得是M單方面的過錯。

但是，M為何如今又要與我見面？我們當時只是因為某種各自的期待，而不小心共同走往同一條風景路徑，並且迅速發覺其中存在的巨大誤會，也立刻調整自己的方向與路徑，並不算是什麼特別刻骨銘心的事跡，也見不出需要在現今這樣年紀的時刻，還特別去做什麼修護與補償的必要。

是的，M為何如今又要與我見面呢？

我委婉地陳述了我的疑惑，也表達因為自己日常事務的忙碌，並不能這樣突兀率性地作出立即旅遊的承諾，同時請他代我向M先生致謝，畢竟居然還能收到老朋友這樣無私慷慨的邀請，真是一件讓人覺得內心感動的事情。

他立刻回信給我，表示這樣的邀請確實唐突，請我一定要多多包涵。他又說明：「其實M先生這樣的想法，算是已經有段時間，只是你的聯絡方式一直不能順利落實找到。現在終於聯絡上，並且疫情也正好開始淡去，此外更因為峇里島的雨季即將開始，才會匆忙作出這個邀請，希望你能趕在雨季開始落降下來前，可以來峇里島度假幾日，並且接受M先生誠意的款待。」

他提醒我：「雨季一開始就不會停，一直要到過完年才會結束的。」

並特別在信末寫著：「至於M先生會不會有機會和你相聚碰面，我也不敢作出承諾，因為他近年來已經不再輕易出入與公開露面了。也就是說，在他的事業發展成功之後，他忽然選擇了自我修行的生活，完全脫離掉與外面世界的直接聯繫。基本上，他並不與人作任何的直接接觸，但我可以感覺得到他確實誠心想邀請你來峇里島一遊，只是我也完全不能確知，他是否想要和你碰面。我覺得你其實並不用太特別掛心這個，就趁著雨季到來之前，安心地來度一個放鬆的個人假期，究竟有沒有見到M先生，就都不用去在意吧！」

我就在半是好奇、半是疑慮的混沌狀態下，啟程去往據說雨季即將來臨的峇里島。

排在漫長隊伍等待入關的人潮裡，我開始想起來我那趟與M的共同旅程。當時同樣年輕也顯得經濟窘迫的我們，在他一日偶然發現特別廉價的機票後，兩人就突兀地奔赴機場，啟程我第一次東南亞的旅程。而他其實早已熟悉那個國度的各種旅遊日常，因為他在更是年輕的大學時期，就已經在那裡短暫居住生活過，他因此還自信滿滿地允諾要擔任我的在地導遊。

我們其實並不算特別熟悉，也沒有發展出任何超乎友誼的關係。然而他在日常表現出的有禮自制行事態度，以及顯得多元寬闊的人生經驗，都讓我感覺得莫名的好感。簡單地說，他似乎就是在我當時的想像中，正好符合我對受過所謂西方歐陸文明的薰陶後，必然就會成為成熟豐厚人物的典型投射，我甚至暗自以為我必然可以在他的身上，看見並學習到如何作為一位所謂的現代人，那種必須的獨立格局與優雅風範。

這時，我身後的男子輕輕推了我說：「先生，換你了。」

在幾乎無止盡的漫長排隊後，終於輪到我的護照審查，那位顯得意興闌珊的中年官員，一邊翻護照一邊不時斜眼看我，並用不友善的語氣問我為何此時來到峇里島，我委婉說著是來探訪朋友，官員依舊追問著你朋友是做什麼的，並且開始認真地翻看我護照的騎縫裝幀，彷彿我是使用假護照的什麼惡意者。我忍受著這樣近乎汙辱的對待，但這一切行事的緩慢無效率以及暗藏的敵意，同時讓我想起久遠前那個旅程的若干記憶。

出到外面的候機大廳，看到擁擠來去與手執名牌的無數接機者，確實讓我震驚也擔心了一下，幸而一位英挺結實的男子，立刻現身主動找到我，並自我介紹說他就是和我聯繫的那位助理。

然後，他詫異地問著我：「你就只有這樣嗎……你的行李呢？」我解釋說因為我並沒有打算停留太多天，所以只帶著隨身的背包。立刻覺得這說法似乎有些不足，就繼續補充說：「……而且，我本來出門旅行時，就是不會多帶什麼東西的。」他笑著表示理解，領我走向停車場去。

路上交通出乎意外地擁擠難行，助理表示這其實就是平日的狀態。他並且告訴我住宿安排在M先生經營的休閒旅店，那是烏布再上去往火山口的半途，就只有八間獨立的小屋，緊鄰著耕作的稻田，十分寧靜風景優美，一般遊客是到不了這裡的。他看我似乎有些憂慮不解，立刻解釋說這旅店其實主要是給打坐修行的人住宿的，所以才特別蓄意地離開鬧區，但是旅店的管理及服務非常完善，完全不必擔心可能置身荒郊野外的任何問題。

進入旅店的獨立小屋，立刻化解了我的憂慮。小屋其實有兩個分別在樓上樓下的臥室，底層寬大起居間的外面，還有隱蔽的私人泳池，四周環圍著即將秋收的稻田，整個環境果然十分清幽寧靜。我隨即走出去共用的酒吧間與餐廳，也立即感受到服務態度的熱情與誠摯，覺得自己確實可以在這裡徹底地休息幾天，而且帶來的一本詩集以及另一本我喜愛的某作家評傳，似乎也與這裡的寧靜氣味十分吻合。

助理問我如果有什麼行程打算，他都可以配合接送，包括是否想去烏布或水明漾逛街吃飯，或者去什麼旅遊景點參觀，都完全沒有問題。我想告訴助理其實我幾年前才來過峇里島，並無意再去逛街購物或參訪景點，這次只想自己安靜地好好休息一下，甚至連和M先生碰面的念頭，也都幾乎是十分淡薄無感，但我只是安靜地抿嘴微笑。

助理離開前，還是客氣地說：「那你就先好好休息一下吧，這裡三餐飲食都隨時可以供應，等你想好要去哪裡了，再告訴我就好了。」

我隨後請吧台送一杯調酒過來，獨自一人坐在泳池邊看書，天空一直顯得鬱黯不明朗，我決定脫掉衣褲，在下雨前趕快入水。當我正緩緩往返池中，忽然意識到似乎有人正從什麼暗處看著我，這讓我覺得十分不安，就起身轉頭四下看著，卻什麼也沒有見到，天空這時開始飄下雨來，我就披著浴巾入到屋內去。

晚餐只有我一人就食，說是因為雨季馬上就要開始，客人都陸續離開了，「你瞭解的……沒有人喜歡雨季。」服務的婦人說明著。我表示同意地點了點頭，然後點了燻烤鴨腿和米飯，搭配一杯白葡萄酒，聽著雨水落到四周稻田的聲響，忽然覺得有些惚恍，想著我為何竟會答應這趟旅程的突兀邀請，多年前還帶著某種創傷與懊悔的那個熟悉情緒，彷彿又伴著雨聲再次回繞入到腦海裡來。

難道是我依舊懷念著這個人嗎？或者，是我再次對他這樣的臨時邀請動心了嗎？那時我們所有誤會與怒氣的發生，若是歸根究柢看，確實與自己對他的憧憬與情感覬覦有著關連，雖然彼時傲氣的自己，無論如何是不肯去承認這個事實的存在，因而就把所有現實裡的憤怒，都歸結到對方行事荒謬與粗魯自私的說法上。

夜裡入睡前，我選擇了二樓的主臥室，並聽從服務人員的建議，把薄紗的蚊帳放落下來，然後略微猶豫地，還是留著床頭一盞座燈，我有預感將會迅速入眠，但是我也知道某個記憶，即將遁入夢境前來召喚我了。我闔上已然期待入眠的眼睛，靜靜聽著外面淅瀝不斷的雨聲，逐漸讓自己進入到界於半眠半醒的狀態……

到達那個東南亞城市的晚上，M就迫不及待想去往滿滿夜生活與觀光客的街區，我顯得不安地稍微暗示我並不意欲今夜立即如此狂歡。但我也留意到M原本灰藍色帶著冷靜與智慧的眼珠子，不知為何在瞬間已然轉成琉璃般的澄紅色澤，他像是一隻飢渴已久的雄性動物那樣，毛爪全張地急於躍入那個血色的夜裡。

然後，整夜我就一邊自己醉飲、一邊舞池四下搜尋著M的蹤跡，就是在這樣反覆過程裡，顯得愚蠢地徘徊來去。終於，我放棄追尋他跡痕的舉動，自己喚叫計程車回去我們共宿的旅店，卻發覺他早已與一名當地女子同樣窩在被子裡，開心地相互玩鬧嬉戲中。我覺得自己像是一個被戲弄的傻子，根本完全弄不清楚自己當有的角色是什麼，也記不得自己被安排好的下一句台詞，究竟應該是什麼樣的話語，就只能手足無措地立在舞台上，任著所有看戲的人冷眼嘲笑著顯得狼狽的我。

我進入浴室嘔吐了幾次，M終於擔心地問我是不是還好呢？我也不再按捺我即將爆發的怒氣，大聲譴責他這樣帶著獸性的狂放失控舉止，質問他如何能和那些愚蠢的白種人一樣，只會用錢廉價地消費當地的人呢？他用低弱的聲音回說他並沒有。我說你沒有你還敢說你沒有，你現在不就是正在這樣做的嗎？他依舊是反覆回說他沒有。我說如果這就是你想要過的假期，你何必還要邀我一起來，你知道我是無法和你這樣去度過這整個假期的。他依舊辯說他並沒有想要這樣的。

那個瘦小的女子有些驚嚇，她似乎並不能完全聽懂我們的爭執所在，只是坐起來想要穿衣離開，M卻低聲地勸留住她。我就立刻起身走入到浴室，回頭對他說你愛怎樣就怎樣吧，我今晚會睡在浴池裡，明早天一亮我就離開這裡，我要過我自己想要的假期，我們各過各的不要再相干了吧。

天一亮我就起來整理行李，啟門預備離去時，聽見M從身後低聲說著：「請不要走，請你不要離開。」我似乎感覺到原本熟悉的那個M，忽然又現身出來，心底驟然一陣抽緊，略略遲疑地還是咬著牙堅持走了出去，聽見他繼續追問著：「你現在要去哪裡？你會不會和我搭乘同個班機回去？」我沒有答話，就直接走遠去了。

這時窗簾發出被一陣屋外強風吹起的聲響，我驚嚇地坐了起來，再次感覺到M似乎立在哪裡望著我，同時留意到剛才的那個夢境，已然不覺讓自己冒出一身汗水來。我起身走去漏出隙縫的那道落地拉門，確認屋外的風雨不會打進屋裡，同時看出去外面的露台，原本落了一夜的雨已經小了下來，遠處雲端破裂出一塊澄明的天空，允許雲霧裡半隱半現的月亮，探照燈那樣射下一束月光，把依舊搖曳著的稻田，打亮得有如仙境般美麗。

我望著這樣意外出現的美麗景色，終於覺得安心地返回我的睡床。

隔日吃完早餐，發覺助理已經立在外面等候著我，他含笑問說：「你昨夜都睡得好嗎？今天你有想要去哪裡走一走呢？」我不好意思違逆他這樣顯得殷切的好意，就說那不如就去烏布吧。當車子一穿進入烏布大街，我立刻感覺到熟悉景象的陸續浮現，尤其車輛往來依舊擁擠難行，因此車子剛經過老皇宮時，我忽然又有著焦躁的不安感覺，以及後悔來到這裡的情緒升起，決定轉頭跟助理說：

「今天這樣其實就可以了，不如直接回去旅店吧！」

「真的嗎……你真的不想下來逛一逛嗎？」助理顯得詫異不解地問著。

我說：「我以前曾經來過這裡，這一次就不特別逛了。可以讓自己安靜休息一下，似乎更是覺得舒服些。」

助理不說話地點著頭，把車子迴轉去來時的路。

我忽然想到什麼，就問著：「M先生平常喝酒嗎？」

「喝酒？哈哈……我從來沒有見過他喝酒呢？他是很少見一滴酒都不沾的那種西方男人啊。」

「真的嗎？」我輕輕回應著。

「是啊，而且他越來越像是一個修行的人了，哈哈！」助理笑著說。

我想起來那次在回程的航班上，我依舊和M相鄰坐著，我並不想特別和他說什麼，但其實也已經沒有什麼怨怒的氣息了，就是安靜地相鄰坐著。在飛機快要飛抵達台北，一邊降落一邊穿過雲層的時候，我忽然聽到M像是自言自語地說著：「我已經決定戒酒，我永遠不會再去喝酒了。」我聽著微微有些震驚，卻隱忍著不說話，就只是故意地把頭迴轉開來，像是正望出去窗外的雲霧，又聽見M繼續說著：「我並不是你說那樣的白種人，我絕對不會是那種你討厭的西方人……你一定終於會真正明白的。」

「你真的……就不再喝酒了嗎？」我低聲地說著。

「什麼……你剛才有在對我說什麼嗎？」助理緊張地問著。

「沒有，沒有。其實……我並沒有說什麼的。對了……還有，M先生平常都是住在哪裡呢？」

「老實說，並沒有人真正知道，他很多時間就是自己住在山谷的樹林裡，他在林間有一些小屋子，他會花很多時間在那裡打坐冥想，他也可以自己四下找野菜吃食，並沒有很需要我們留在他身邊，或是特別為他去做些什麼呢。」

「那他這樣去經營這一切，究竟是為了什麼呢？」

「我也不很清楚。但是，他幾年前開始向我的岳父學習一些神祕的法術，我覺得他現在就是一心希望能把這些法術學起來啊。」

「你的岳父會法術嗎……他為什麼會這些呢？」

「這其實只是祭司世襲的天賦能力，沒有什麼原因的。但是本來這法術並不能傳給外人，可是M先生就是不斷地努力去爭取，我岳父也認為他可以有能力接收這些神祕訊息，最後就同意教給他一些基本法術了。」

「你說的法術是什麼呢？是……可以用來害人的東西嗎？」

「哈哈，我們其實真的有分黑法術和白法術，但是我岳父教給M先生的，都是比較一般的白法術啦。」

「……譬如什麼呢？」

「譬如讓本來落雨不停的雨季，可以終於停歇住的法術啊。」

「真的有這種法術嗎……太奇怪了吧！」

「當然有的啊。我岳父是很厲害的祭司，你想不想去見到他呢？」

「我可以見到他嗎？」

「可以啊。其實明天我本來想要跟你請假，因為我的堂弟要結婚，我必須去現場幫忙。我的岳父也會在婚禮的祭壇上，特別為新婚的夫妻作法祈福，還是你明天也會想來參加婚禮嗎？」

「我當然很想去啊，可以嗎？」

「絕對沒有問題，他們會很高興有外人參加。這樣我明天就同樣時間，來這裡接你一起過去，可以嗎？」

「可以啊，謝謝你了。」我說著。

車子這時慢慢泊進去宿處的廣場，助理忽然說：「可是，明天我會沒有時間陪你了，那今天要不要多看一點東西呢……對了，你想去看看M先生最常去打坐的那個溪谷嗎？那邊其實就離這裡並不遠，我可以載你過去看一下，趁著現在雨水剛好停住，說不定還可以走下去，親眼看一下他最喜愛的那個聖水之泉呢！」

「聖水之泉……那是什麼呢？」

「就是附近村落的居民，都認為真正聖水的泉源出口啊！大家會特別去取那裡的水回家，用來治病或是除去瘴氣的。」

「好啊，好啊，我想去看看這個聖水之泉。」

然後，車子從原本蜿蜒的道路，忽然轉進到一條比田埂大不了多少的泥土路，我有些擔心車子一不小心就會滑落入田裡，助理卻顯得篤定也自信，一手指著兩側的稻田，顯得怡然地說：

「M先生為了這個聖水之泉，已經把這兩邊的田地和前面的山谷，全部都買下來了呢，其實這條路也是他自己修出來的。」

「他是在做什麼生意的嗎？為何他可以有這麼多錢呢？」

「M先生有很多生意的啊，譬如全峇里島的咖啡小農，有超過一半都是和他簽約，他包辦了他們所有的耕作和收成的。」

「那他怎麼還有時間打坐修行什麼的呢？」

「他已經在這裡二十幾年了，很多生意都已經上軌道，現在也都交給他的夥伴在處理了。」

「夥伴……他的夥伴是誰呢？」

「就是他自己培養出來的一些在地人啊。」

「那像他這樣長期住在這裡的成功白人，又認真地在學你們傳統的法術，你會覺得他已經算是峇里島的在地人了嗎？」

「哈哈，可能還不能算是吧！我們並不會把他當成那些觀光客，可是還是沒辦法認為他就是當地人的啊。」

「那他覺得自己是在地人了嗎？」

「這我並不清楚呢。」

「那……他到底在追求什麼呢？」

「我也不知道的啊！」

助理把車子停在臨靠著溪谷的一塊平坦土地上，遠處有個老農停下手中的勞動，立在那裡望著我們。助理沒有說什麼，就往著前面的小徑走下去，我先是遲疑著，立刻趕忙跟住他。兩個人沒有說話，順著泥濘小徑走往溪谷，開始聽到溪水的淙淙聲響，我忽然打滑地摔了一跤，身上沾黏了髒濕的泥土，助理回頭伸手拉我起來，讓我覺得有些羞愧不安。

終於在助理半伸手的協助下，我狼狽地到抵平坦的一塊土地，同時看見前方的大石塊間，有一道細細的瀑布流落下來，助理示意我可以稍微清理一下自己。我用水沖洗身上汙泥的時候，注意到助理已經走入旁邊低矮的石穴，他彎著身軀掬水飲用，然後合掌喃喃膜拜。我意識到這就是聖水之泉，立即安靜地跟隨走靠去，一樣彎身進入石穴內，見到一尊手掌大小的石像，我就學著助理一樣地飲水與膜拜。

這時雨水又下落起來，望著益發泥濘的回程山徑，我有著絕望的感受升起。助理似乎完全理解我的心情，示意我跟著他轉入林木間，眼前忽然出現一個用木頭與椰子葉搭蓋的簡陋亭子。

他說：「我們先在這裡避個雨，這雨並不會太久的。」

亭子用樹叢圍成矮籬做阻隔，除了一道木門出入，還有角落像是鋪架出來的一個睡鋪外，就是完全開敞流通的視野，可以看見四處林木景象。助理說這就是M先生經常會自己來停留的宿處：「他常常會單獨住宿在這裡，這應該也是他最愛停留休息的地方了。」

「可是這裡什麼都沒有啊？」我詫異地問著。

「是啊是啊。但是M先生並不需要什麼東西的啊！」助理笑著說。

我對助理表示我覺得有些疲倦，其實從一進入這溪谷，我就一直有著暈眩的失衡感覺。助理說因為這裡的氣場很強，你會這樣感覺並不算是特別奇怪，然後他叫我先躺臥休息一下，自己匆匆走出去，帶兩個黃色椰子回來，用柴刀劈開一個缺口，遞過來叫我喝下去。

我喝著沁涼的椰子水，稍微覺得心神鬆弛下來，開始想著最早在台北所以會認識

M，其實也是察覺到他和其他西方年輕人的差異，就是他總是特別冷靜也成熟的氣質，雖然溫和卻不願從眾的某種孤僻，還有他會不斷與我談起來他對於東方玄學的各種想法。我記得他曾告訴我說在指南宮的山裡，他已經找到一位師父學習道教的法術，說可以光是讓人在地上滾動，立刻見出他附身動物的本來樣貌，他說：「因為每個人身上本來都會附著一個動物的魂魄。」然後，他又問我：「你想知道你身上的動物本性是什麼嗎？」我聽了有些詫異，當下就回絕了他的提議。

我那時對這一切都不是很在意，畢竟想透過東方神祕玄學，找到自身迷途出口的西方年輕人，我也見過不只一個了。我那時對M更感興趣的，反而是他可以在半山腰宿租的農宅裡，用遠方何處購來的各樣酒麴，自己釀出來濃稠又美味的啤酒，讓我驚豔於他某種天生的靈巧與創意。

雨勢這時有停歇下來的模樣，我立刻要求助理啟程離開這裡。我很難敘述我的整個感覺究竟是什麼，就是精神上有一種雜亂與混淆，以及一種被誰介入與失衡的暈眩，這樣不舒服的困惑感覺，讓我再次回想起過往與M共旅行時，同樣奇異慌亂與迷途的不安。我知道我必須趕快離開這種狀態，我似乎覺得已經再次被誰人置放入一個錯誤的場域，我又被帶往一條全然不歸屬於我的路徑，我必須趕快回到原本屬於我的世界。

回程的攀爬路徑，當然更是顯得狼狽與困難，但是我內裡湧現意欲離開的意志，反而幫助我神奇也順利地攀爬回返出來。在某個疲累的時刻，我的腦中閃過一個奇怪的念頭，就是其實我剛才隨著助理鑽進了一個地底的岩穴，我們一起穿過黑暗無光的洞穴底部，從那裡又終於攀爬出來。

在車上我們都沉默不語，返回旅店居處時，我忽然覺得鬆了一口氣，彷彿身心徹底得到紓解，立刻躺臥床鋪沉沉睡去。

隔天還昏沉沉，好像聽到有人呼叫我，才突然醒過來，發覺竟然一直睡到天亮，助理已經立在外面等候我了。我匆忙請餐廳幫我準備外帶的咖啡，自己簡單梳洗一下，就一邊道歉一邊上了車。

「真是對不起啊。不知道為了什麼，居然會一直睡到現在呢！」

「可能是你一路旅程太累了，總之能這樣好好地睡上一覺，也是十分難得的吧！」

「是啊，是啊。」我帶著歉意地說著。

「對了，我昨晚忽然想到，你會想去巴杜爾火山口看日出嗎？那是很多人都堅持要去看的美景。但是，這個行程必須在半夜出發，他們會另外安排專車來接你和其他想要去的人，把你們送去到登山口，大概要徒步走上去共兩小時，才能真正上到那個火山口……如果天氣會突然晴朗的話，我覺得可以考慮去看日出的？」

「但是……天氣會晴朗起來嗎？」

「……不知道呢！反正他們在每天下午，都會預告隔晨是否能夠成行，你如果真的有興趣的話，我可以幫你先報名，並且特別留意一下訊息，再告訴你天氣結果，以及是否可以成行，好嗎？」

「好啊好啊。」

到達助理的村子時，他帶我去到家族共居的老宅，細長條空間配置格局，以及第一進的寬敞中庭裡，居然就有相當堂皇的祭祀舞台，都讓我十分詫異。助理為我穿配兩層的紗龍布裙，並在我頭上紮好頭巾，再領我去到隔鄰婚禮的堂弟家宅，許多親戚鄰居早已經穿進穿出，祭祀舞台與整個庭院空間，用鮮花、椰子葉、水果以及點心布置起來，鮮豔華麗十分引人。加上一旁有幾個盤坐台上年輕男子的甘美朗合奏樂音，不斷傳出來神幻迷離的動人旋律，讓我覺得像是進入到華麗又空幻的世界，某種和樂歡喜的氣氛四處滿溢。

我走到屋後面，除了預備給賓客宴飲的桌椅外，就是有幾位忙碌女性正在切煮食物的臨時廚房，以及更後面顯得鬆弛悠閒的男性，一邊抽著菸一邊燒烤沙嗲，一切熱鬧也雜亂，卻也分工有序。戴著金色冠冕與全身繽紛裝扮的新人，終於出場接受長輩各樣儀式的祝福，我注意到祭司早就坐在祭台，顏面朝向擺滿各色祭祀品的內裡方向，並不看向群聚歡樂的眾人。

我好奇地走靠近祭祀舞台的側旁，想看清楚頭戴著一個奇異圓形高聳帽子祭司的模樣。他比我想像的還要年輕，戴寬邊眼鏡顯得斯文專注地念著經文，完全不會分神去看任何人事的忙碌進行，站立一旁有如古代宮女梳著奇特髮髻的婦女助手，則會從祭司手裡不時接過來一小缽祝福的水，依次灑向認真用手頻頻作勢來承接的新人。

甘美朗合奏的樂音終於結束時，大家陸續離開去往後面用餐，新人則四處與親戚朋友寒暄致謝。這時雨勢忽然又下落起來，我才驚訝地注意到剛才祭司淨化與祝福的過程裡，竟然沒有落下來任何雨水，我轉頭看去祭台上的祭司，也不知道他何時已經消失無蹤了。

助理問我喜歡這個婚禮的過程嗎？我心裡充滿著飽溢的情緒，就雙手合十向他表達我衷心的感謝。他有點不明白我的意思為何，我告訴他說：

「昨天去到聖水之泉以後，我其實一直覺得很不舒服，甚至覺得自己像是忽然生病了，所以我才會昏睡那麼久。今天來參加這個婚禮，我卻又覺得自己像是被祝福的新人那樣，重新再次地得到了滿滿的能量，身心內外彷彿都被洗滌而潔淨了呢。」

「你昨天為何會覺得如此不舒服呢？」

「我也不知道究竟是為什麼，就是覺得自己像是跌落入什麼泥濘坑穴，沾滿了一身的髒汙泥巴，怎麼樣也清不乾淨似的。幸好今天來參加這個婚禮，我覺得祭司在祝福新人時，那不斷灑落下來的聖水，好像同時也飄落在我身上了呢。」

「真的嗎……那就太好了。」

「那位祭司……真的是你的岳父嗎？為何看起來卻如此年輕呢？」

「哈哈，他其實並不年輕了。可能因為坐在台上，你看不清楚吧。」

「還有……為何婚禮儀式過程都沒下雨，是不是祭司有特別祈求神明，要求雨季先暫時停止落下來呢？」

「啊，這個我完全沒有注意到啊。其實婚禮如果下雨，反而被認為是老天正在祝福新人的意思的啊。」

「喔，是這樣的嗎？」

「對啊，確實是這樣的。而且，祭司並不能隨隨便便就要求雨季停止的，這完全是不可以的，一定要有特別重要的原因，才能這樣作法的。」

「啊，真的是這樣的啊？」

「對了，我還有一件事要告訴你，就是婚禮儀式會暫停一下，要等到晚上才會繼續下去……你會想要先回去休息一下嗎？」

「好啊。我就先回去休息，麻煩你了。」

回到旅店時，本來想到泳池邊安靜看書，可是雨勢完全沒有小下來的樣子，就移到二樓臥室窗邊坐下，簡單叫了午食送來，並沒有什麼興致讀書，只是無聊地看著外面的稻田與山林。心裡開始想著助理提到一早去火山口看日出的事情，這樣已經正式啟動的雨季，想看日出根本就是不可能的妄想吧，他卻為何還要特別對我提起呢？難道他真的相信這雨季會忽然間停住不下了嗎？還是，這只是他例行必須給訪客的告知，究竟有沒有下雨或是見不見得到日出，都不是他所真正在意的事情呢？

正有些疲倦想著是不是該睡個午覺的時候，忽然聽見餐廳與酒廊方向，傳來薩克斯風的獨奏聲音，就打起精神走了出去，果然有一位個子精實短小的在地青年，在窄小的舞台上吹奏著樂音。我坐上吧台點了杯酒，吧台說這是每週三下午的音樂時間，節目每週都不一樣，可以自由打賞並點奏自己喜歡的樂曲。

整個餐廳空蕩蕩的，除了我坐在吧台上，就是一對靠在接鄰戶外的年長白人夫婦，他們並不彼此交談，大半時間只是凝視著外面落雨的稻田，完全不知道是不是有在聆聽音樂的演出。然而，這個突發出現的節目表演，讓本來不知如何安排下午時光的我，有鬆了一口氣的感覺。

我點第二杯酒的時候，聽到樂手說中場休息一下，然後他也坐上吧台。我示意酒保請樂手一杯酒，樂手就握著手中啤酒，微笑著點頭坐靠到我的隔鄰位子來。

「謝謝你啊……你是哪裡來的啊？」他禮貌地問著。

我簡單回答後，稱讚他的演奏十分迷人，尤其適合這樣落雨的午後。

「哈哈，確實和這下雨的氣氛滿接近的。不過……好像也很適合搭配喝酒的啊。」他開玩笑地說著。

「當然，當然。就可惜觀眾少了一些……」我帶著惋惜的語氣說著。

「因為雨季開始了，其實這樣很正常的。而且，也是這兩年的疫情關係，我們都很習慣空蕩蕩的觀眾席了。」

「那這兩年沒有客人時，像你這樣的演奏者，要怎樣生活下去呢？」

「我就回家去幫忙種田啊，家裡的稻田永遠會在那裡的，究竟有沒有疫情或雨季，都是沒有影響的。」

「你真的就……就回家種田嗎？」我有些詫異他這樣的回答。

「對啊，等這波疫情過了，還有雨季也終於停了，再出來演奏賺錢吧。」

我默默地喝著酒，聽他又說著：「你有打算去哪裡參觀嗎？……這雨季只要一開始就有點麻煩了，你要是能再早一點來，整個行程會好很多的。」

「沒有關係，我覺得下雨也很美啊。」覺得自己說得有些勉強，立刻繼續補著說：「對了，我朋友已經幫我預訂明早去火山口看日出，我還正在等他通知說今夜究竟會不會成行呢？」

「看日出……不可能的。你的朋友弄錯了吧，這星期開始就全部取消了，雨季一開始就看不到日出的。」

「真的是這樣的嗎？」

「當然，我怎麼可能弄錯的呢！」

他這樣決斷的話語，讓我突然停愣住，思緒也瞬間停擺下來。

「我要回去演奏了，你有想要聽什麼樂曲嗎？」他又說著。

「啊，什麼？」我有些詫異這問話，立刻回答說：「那就Chet Baker，可以嗎？」

他好像沒有並聽懂我說什麼，側著頭像是在想著，然後說：「是華人歌曲嗎？我其實會很多台灣流行曲的，沒有問題。」

他就回去台上繼續吹奏樂曲，果然是一首很經典的老舊流行歌曲。我突然覺得意興闌珊，也明白看日出的活動根本早已經終止，自己竟然還一直等待著助理的訊息，其實真有些像是個傻子了。決定起身離開，先走到舞台前方，小心投錢到紙箱子裡，和樂手點頭致意一下，轉身走回去我的宿處。

晚上我依舊在餐廳吃飯，果然又只是我一人進食，我換點了素食的披薩，加一杯白葡萄酒。服務生說這酒其實是澳洲的品牌，但是已經是在峇里島在地生產的葡萄酒，他說：「價錢完全不貴，但是一樣好喝的。」

臨睡前，我竟然還不斷想著原本計畫看日出的事情，好像這幾乎已經變成我這趟來到峇里島的真正目的，也就是期望能在漫長雨季裡，見到根本不可能出現的日出景象。這樣忽起的奇怪期望，以及迅速墜滅的結果，讓我不覺有著失落了什麼的遺憾心情，我躺在床上漫遊搜尋各種和這日出相關的圖片，一邊讀著有些樣板的說明文字：「大約是兩小時徒步時間，接著能觀賞太陽緩緩升起在雲海上，天空由黑夜逐漸轉變成墨藍色、粉色至橙色，在現場感受令人驚豔的自然美景。然後……遠方阿貢山的巨大山峰，逐漸清晰地浮現出來……」

我有著近乎虛無的絕望感受，想著應該提早回去台北，這裡的所有一切，畢竟都是虛浮不真實的，只是會不斷誤導我已然平靜的生命軌跡，對我的生活步伐以及內在思維，並不會有任何正面的助益。

「是的，我根本就不應該接受M這樣奇怪的邀請，來到這個美麗也空幻的島嶼度假。」我這樣反覆地告訴著自己，然後懷抱著想要儘快回返自己家園的確定意志，沉沉地進入了夢鄉。

半夜裡，忽然被床頭手機吵醒來，我昏沉地接起電話，竟然是助理顯得急切的聲音，他說：「不好意思，現在把你吵醒了。M先生剛才給我發了訊息，說他莫名地感知到你對於去火山口看日出的期待，他不願意見到你這趟旅程的任何失望，因此他已經祈求神明今天早晨停止降雨，他要我載你去到登山口，讓你可以獨自一人上山，並且安靜地見到日出的景象。」

我有些震驚這樣突兀的告知，立即防禦地告訴助理：「這未免太過突然了……但是，我睡前已經決定起床就要回去台北，我並不想突然又再重新改變我的計畫。」

「你想明早就離開峇里島嗎……為何這麼突然呢？沒有關係，我半小時後就來接你，你把背包行李都隨身帶著，我先帶你去到登山口，你就自己一人走上去看日出，我會在山腳等你下來，然後直接送你去到機場，應該來得及趕上今天的班機的……這樣安排好嗎？」

這突發的行程建議，讓我心裡有些隱隱不安，但助理顯得周全的安排，又似乎讓人難以拒絕，我就在稍微遲疑後，答應了他的善意安排。我很快地沖洗自己，帶著我來時同樣的背包，在微雨也黑暗的前庭，等候助理的出現。

車子在暗黑小路馳行，一路上兩人都沒有說什麼，我就是注視飄著細雨的兩側稻田，心裡依舊懷疑日出真的會出現嗎？助理彷彿讀出我內心的想法，用若無其事的口吻說：

「你還是擔心雨會一直下不停吧？」

「是啊。」我轉頭望回去他的臉。

「M先生決定為了你的願望，特別去祈求神明讓雨水暫停，我相信這是十分真誠的祈願。」助理說。

「但他可以有能力做到這個嗎？」

「我也從來沒有見他這樣做過。但是，我……我當然會相信他有這個能力的啊，當然的啊。」

「可是，你不是說祈求雨季的暫停，並不是隨便就可以自己決定去做的，一定要有很重大的原因。那他為何決定就只是為了讓我看日出，而可以讓這個雨季突然暫停下來呢？」

「我也不知道啊……我也不明白他為何突然要這樣做的啊！」

「那M先生會在火山口出現嗎？」我問著。

「啊，我真的不知道呢！」助理顯得有些驚慌著。
「他這樣的法術有可能會失敗嗎？」
「我不知道啊。」
「如果失敗了，會得到什麼懲罰嗎？」
「我不知道的啊。」

我望著助理慌張的臉，想到我完全忘了他的名字，也一直沒想到要問他該如何稱呼他。同時意識到自己這幾天顯得奇異的冷淡態度，就說：

「啊，非常對不起，我居然完全忘了如何稱呼你的名字。你可以再告訴我一次你的名字嗎？我真的很沒有禮貌呢……」
「喔，完全沒有問題，不用在意這個……你就叫我汗卓吧！」
「好的，謝謝你，汗卓。然後……我還有一個問題，就是巴杜爾火山還會再噴出火焰來嗎？也就是說，這還是一座活火山嗎？」
「應該不會再噴出火焰了，我記得這已經是一座死火山了。」
「喔……這已經是死火山了嗎？」我露出有些詫異的表情。
「但是，你也不要太失望了，就是在太陽升起來對面那邊，另外那一座的阿貢火山，完全是仍然會隨時爆發火焰和熔漿的活火山呢！」

「是真的這樣的嗎，汗卓？但是，對面的那座阿貢火山……真的還是一座活火山嗎？」

「真的還是活火山的……這當然是真的啊。」

下車後，我就依照汗卓指引的小徑方向走去，他說：「你就順著這條路走，沿路都有路標指示牌，終點就是可以看日出的火山口。我會在這裡等你下來，你就一路慢慢走，完全不用急的。」

雨勢其實已經變小，我戴帽子穿著薄夾克，行走起來相對輕鬆。四周依舊一片黝黑的景象，我用手電筒打照著前行的路徑，安心地一步一步走著，腦中想著將近三十年沒有見過的M，究竟現在是什麼模樣了呢？以及，他為何還是會對我似乎顯得關心呢？難道是因為我曾經決然地離開過他嗎？還是，他真的依舊會珍惜我們曾經存在的互動曖昧關係呢？

黎明前冰涼透明的寂靜，像是靈魂深處的喃喃自語，真切地瀰漫在此刻的空氣裡。低矮遠處有些燈火閃爍的村落，開始傳出來雄雞啼叫的聲音，一個接一個地相互應合著，暗示著黎明的終將現身來。我回想著前晚在網路搜尋到的各種日出照片，彷彿看見金色明媚的白晝光焰，即將在我的眼前冉冉升起來，黑影瀰漫的昨日世界，因此也將被拋擲沉入海底。

同時想起來有高山症的那趟久遠前旅程，那種孤單與感知到絕望的心情，忽然重新湧現出來。我努力擺脫這樣不祥的聯想，轉頭看青色薄片的光芒，開始把四圍的景象輪廓打照出來，雲霧漸漸浮繞在我的身邊，讓視覺所見一切虛實交錯。我小心用目光閱讀著小徑旁邊的景色，覺得完全並不像昨夜照片所見那些興奮留影拍照者的紀錄模樣，反而越來越像是我幼時獨自走去鎮外面探險時，那座大人不准我們私自前往的荒廢日本神社。

是的，譬如同樣蒼老也巨大的樟木林子，那個據說神智不正常的啞巴駐守管理人，還有遠遠未至就吠叫起來的老黑狗，都是我幼年夢魘一樣對那座神社的記憶模樣，此刻卻霧影裡陸續浮現出來。我意識到一件事情，就是往巴杜爾火山口攀爬的過程，是不是也同時是走入我童年那幽暗的森林路徑？是不是我一邊走往陌生的火山口，也一邊走回去我記憶的童年幽徑？而且，這樣現實與記憶同步共行的過程，此刻在薄光與雲霧的籠罩裡，竟任性地開始顯隱交織起來，讓我越發惚恍難明了。

然後，我聽到我對自己說：「這一切其實都只是夢境，你並沒有去到哪裡，你就還只是在你昨夜的夢境裡。」我像是被什麼雷擊閃電打中，驚醒般地意識到眼前這一切，原來都可能只是夢境，並沒有M施展神奇停止雨季的法術，也沒有即將在前方出現的火山口日出驚喜，更沒有此刻眼前的小徑自我徘徊與躊躇猶豫，我只是又一次地在自己的夢裡迷路了。

我停下腳步，告訴自己不要再去管是否會有日出了，我現在最重要的只是儘快離開這個陷阱般的夢境，讓自己能重新回到真實生活裡。我立在一塊荒蕪的岩石上，驚慌地四下眺看連綿無邊的白色雲海，雨雖然逐漸停息下來，然而眼前的濃厚雲層，又說明著日出的根本不可能顯現。我完全不知道我究竟該往哪裡走去。忽然間，見到遠處有一座漂亮的山，像一艘大船那樣向著我緩緩駛靠過來，巨大單峰山頂的上方，冒出熊熊赤焰的熔漿，空中布滿濃厚的火山灰與煙霧氣味。

我知道那就是再次復發的阿貢火山，是那座內裡依舊真實燃燒著的阿貢火山，終於現身來解救我了。我於是跳踩著踏進眼前的雲海，一邊朝著靠泊過來的熊熊火山奔跑去，一邊大聲對著自己喊叫：「啊，你就是那座最神聖的阿貢火山嗎？謝謝你經過半個世紀的沉睡，終於又再次甦醒來。我知道因為所有虛飾造假的夢境，終究是必須要各自被火焰燃燒喚醒過來，並逐一破滅以及沉沒逝去的。請讓我搭乘上你這艘真正能夠再次甦醒與燃燒、也即將開始啟程出發的大船，讓我可以與你一起駛離開這些纏身的噩夢，返回到屬於我們真正記憶的童年吧！」

這時聽到身後有喚叫我的聲音，我迅速轉回頭看去，先看到汗卓的身影浮現來又迅速消失去，然後是M熟悉的顏面出現來，他似乎沒有意圖要啟口對我說什麼，但我彷彿又再次聽見大約三十年前，他那樣帶著祈求般語調的說話聲音：「請你不要走，請你不要離開我。」

又說著：「你為什麼總是這麼驕傲呢？」

我迅速回轉開我的視線，不回顧地直直走遠去。

然後，我喘氣踩踏過波濤洶湧的雲海，攀爬上有如雄偉大船的阿貢火山，顛簸搖晃地隨著阿貢火山朝前一起駛去。好像我們都知道這一艘漂亮的大船，必然可以帶著我們衝離開所有噩夢的欺瞞與糾纏，並且引領我們重新尋回各自的童年記憶，再次獲得遠方能療癒所有過往創傷的神祕藥方，得以各自健康快樂地重新生長起來啊。

我又聽見遠處傳來神幻迷離的甘美朗旋律，像是從什麼華麗空幻世界發出的引路召喚。我在雲霧中摸索前行，有如鮮血在血管脈搏裡面流動，鮮活地感覺到生命躍動節奏的呼喚，我望向逐漸明亮起來的前方，轉回頭對同時也消逝去的這一切，喊著：

「再見啊，我記憶中的M……再見啊，這幾天都陪伴著我的汗卓！還有再見再見啊……我的夢境。你們大家好啊，所有長久被塵封的記憶……我來了。」

開心地轉回頭來，再繼續朝著前方喊著：

「久違的童年時光，我要重新回來看你了！」

阿貢火山發出應合般嘟嘟嘟的氣笛聲，並朝向無邊際的雲霧，勇敢自信地馳駛出去。眼前的雲海有如千百隻展翅的白色羽翼，也是那閃亮不停的銀光波浪，向我發出勇敢躍入的邀請。我知道這裡面暗藏著一座迷宮的夢境，但是我並不覺得害怕，因為我看見有一道水晶通道，一直就在前面為我鋪陳引路。

而且，我知道童年必然也在迷宮的端點，耐心地等候著我的到來，像是回家團聚那樣溫暖地等候著我。

5

爸媽：華光與黯影

對於母親的記憶瑣碎也複雜，如果剝除梳理一下，最根源的部分還是她的身體。我一直記得她的皮膚很白，豐潤潔淨也細嫩，並且總會伴隨著一股香氣味道。我幼小時，她不太避諱在我們面前更衣裸身，我記得如何帶著一種崇拜的眼神，看著她裸上身盤坐在一家人共眠的榻榻米，自在忘我地吟哦著歌謠，一邊緩慢地梳著頭髮，窗外白赤赤的陽光環射入來，把她框成一座看不分明的暗影佛像，時間也凍凝在我這樣的膜拜注視裡。

並且，在一切事物都變成模糊不可視見的光影裡，我仍然清晰記得在她後背中央的圓形肉瘤。那是鈕釦大小的肉色突起物，像是一個可開啟什麼神祕機關的按鈕，奇異地浮露在她平滑柔順的背脊。時光雖然悠悠過去多年，到如今那個圓形的肉瘤，還依舊是我對母親身體最強烈的印象，有時我甚至會覺得那是她的第三個奶頭，是母親一切祕密能量的源頭與出口。而且，我相信只要能夠有如哺乳那樣認真去吸住不放，母親對我還布施加的愛，必然會源源不絕灌注進入我的身體。

我喜歡一邊柔捏著粉色肉瘤，一邊問她：「媽咪，這個圓形肉瘤到底是用來做什麼用的啊？」

母親就說：「我的寶貝，那是佛菩薩身上才有的寶物。你看廟裡的佛菩薩，額頭上面不是都有一個硃砂記樣的肉瘤嗎？那可是佛教最最重要的法相證明，也就是人家所說的『眉間白毫相』，哪個人如果真正能夠看見到佛菩薩身上的這個東西，是可以消除掉那個人的凡塵罪業的。」

我就不服氣地說：「可是人家佛菩薩的硃砂記是長在額頭上，不像你是躲在後背裡，這樣誰能看得到呢？所以，究竟到最後有誰可以從你身上解除去什麼罪業啊？」

她就說：「究竟長在哪，有什麼差別？法相就是法相，管它究竟長在哪裡。而且，誰到底能不能看得到，本來就是自己的福分勒，當然是先要自己去修行祈求，才有資格說話大聲的。」

我問：「那我現在就看到了，我是不是最有福分的那個人呢？」

她就說：「寶貝，你當然就是啊。你看我還讓你親手來摸著呢，這福氣誰能跟你相比的啊？」

我又問：「媽咪，可是我希望這福分永遠都在啊！」

「這哪有什麼問題，寶貝。」

「那如果我們都死去以後，還可以一起在天堂裡繼續生活嗎？」

「你為何會想到那種奇怪的事情去了呢？」

「我就是希望死後還能繼續和你在一起的啊！」

母親認真地看著我說：「孩子啊，不用想得那麼遠，佛經不是說凡是誰能夠依照本性去生活，就是懂得在地上過著天上的生活了嗎。」

這是母親給予我的祝福，也是我與母親相守一世的承諾與祕密。

※

母親的血管細小隱密，打針時總是找不到，讓她要白白多扎許多針。但她並不以為苦，反而認為這是她天生嬌貴體質的證明。她說著：

「沒辦法，我們這種體質的人，就是天生注定不能做苦活的啊。你能想像像我這樣子血液流得又少又慢的人，哪裡經得起什麼粗活的折騰啊？像我這樣天生細血管的人，根本就該有著像你婆那樣的命，就是整天閒坐著不務家事，茶來伸手飯來開口，凡事都有人幫你料理才對的，你說是不是？」

然後，又接一句：「我只差沒有能像你婆那樣好命，早早自小就裹了小腳，畢竟她的親爹親娘根本完全早就算定好了，就是認定生出了這女兒，注定就是得要讓人伺候一輩子的好命吧。」

但這樣看似滿是富貴的各種華麗徵兆，並沒有給母親帶來什麼實質的好處，反而中年體態略略發福後，各種毛病陸續顯現出來。先是從雙腿雙腳一顆一顆隱隱浮現出來的靜脈腫瘤，醫師委婉警告她說如果不小心處理，會有導致其他可能病變的危險。然而，母親都不以為意，輕率笑著說：「才不會怎樣呢！他會這樣說，只是故意來嚇人的，還不是想要多騙一些我的醫藥費而已。我哪裡會看不出來他的計謀，哼～哼～。」

確實，也一如她預料的，就是腳雖然血液淤積，最後頂多腳踝變成暗紫腫大，讓她覺得礙眼難看而已。於是她就成天套著肉色束襪，彷彿一切都如常無事，唯一讓她無可迴避並感覺痛苦的，反而是從雙腳底部陸續長出來的大小雞眼，也不知道是不是和她的細窄血管有關，還是她向來太愛穿著高跟窄鞋的原因，總之這些大大小小的雞眼，就不可預期地陸續長出來。

母親照樣盤腿坐在榻榻米上，一手拉翻起腳掌面，另一手握著尖細銳利的鐵製剪刀，露著像是狠心想要挖掘出什麼惡物的神情，一邊會從嘴裡發出哼哼啊啊的哀嘆聲音，全家人都不免要跟著情緒起落，根本就是彷彿母親正和某人征戰與對決的場景。有時，她或是累了或是屈身也剪不到，會呼喊我去替她做這些挖掘剪除的工作，她就盯著我用雙手合執著那把過大的黑色剪刀，依照她指示一步一步動作著：

「對，就是那裡……剪下去，大力一點。」

又說：「……直接剪下去，不要怕啊！」

有些時候，我會剪入到腳掌深處的真實血肉，聽著母親痛苦的驚叫喊痛，看見紅色的血液汨汨淌流出來，彷彿我們兩人正在進行一場什麼神祕的儀式。是的，那樣源源湧出來的新鮮血液，和必須用手捧握住一隻腳掌，因而彎弓著身軀的母親，以及還微微顫抖雙手的幼年的我，組合成這完整華麗的反覆儀典過程。甚且，這個奇異也荒謬的景象，日後一直以著近似蓄意模仿某幅莊嚴的聖母聖嬰畫像般，既且展露著某種彷彿正在哺乳施愛，同時揮動利刃的濺血間，那樣擺盪徘徊又停格凝止的聖像姿態，便長久地停駐在我殘缺破損的腦海深處。

※

有一段時間，母親喜歡晚餐後出去散步，我們幾個小孩就開心牽著手，隨著她一起出門去。我們散步的路徑固定不變，就是從宿舍的大門，右轉走到小鎮那條大馬路，那裡右轉就是去到熱鬧的街市，左轉是安靜沉寂往鎮外田野的方向。

我們次次都往這個顯得幽暗的街面走去，確實的原因我並不清楚，可能是因為街道尾端就是父親日日上班的瘧疾研究所，也可能母親就喜愛這樣無人煙的夏夜氣味。我們會走過日本時代建造的端莊堂皇卻已經暗淡去的鎮公所，然後繼續經過兩側是成群矮小的宿舍群，裡面居住著好像是警察局和鐵路局的員工，他們的屋子發出昏黃閃爍的燈光，以及溫暖和樂的人聲和收音機聲響。

母親通常不說什麼話，但看得出來她是開心的。我帶著些許害怕的心情，緊緊尾隨著兄姊的身後，從這一盞黯淡的路燈，緊張地走到下一盞路燈，這是我既不願意放棄、又總是被四圍暗黑環境弄得緊張不安的行程。母親通常走到瘧疾研究所的遠處圍牆，就會帶我們折返回程，再過去是緊隔鄰的潮州中學，然後就是母親不准我們自行前去的外面大片稻田了。

在我的印象中，父親從來沒有加入這樣的行程，是因為這樣散步的夜晚，是父親在外應酬宴飲的時刻嗎？所以這是母親自身心情排解的方式嗎？但是，我卻完全可以感覺母親在這樣的夜裡，會沉浸入她內裡的思緒，像是細細咀嚼著什麼她私己的甜蜜回憶，幾乎忘記我們正跟隨在她身後。

這時有些忘我的母親，被路燈打照成地面上的長黑影，顯得有些孤獨也有些倨傲。我就想起來婆總是叫著她趙小姐，過往她被大家這樣稱呼的時候，就是她一度單身也正年輕上班的時候，那應該就是母親最覺得快樂的時光吧！

※

相對於母親平日的微恙小病，瘦削高䠷的父親顯得平安許多，這和他總是熱情活力也能說善道的外貌，顯得十分地相配。我記得幼時攀附在他身上撒嬌時，會被他臉上微刺的鬍渣，以及鼻息吐氣時散發出來的菸味，弄得刺鼻不舒服抱怨連連，讓他立刻露出做錯事般的羞愧神情。父親其實很有耐心，不但從不責罵或者體罰小孩，也很少真正生氣動怒，他更是完全不會在乎成績的好壞，唯一擔心並努力想為我們安排的，就是能否日後有個公職上班，可以平安依賴過活一生。

我記得他的手指纖細修長，幾乎帶著一種女性的優雅氣息，讓我與其他的男人相對比時，一度心生困惑與不解。此外，我對於他的軀幹身體，反而只有模模糊糊的印象，他似乎連兒女都不願輕易揭露出來自己的肉體隱密，因為在父親顯得開朗四海的脾氣後面，其實更是他真實性情的敏感與害羞。

在我們小孩陸續邁入青春期後，各自都展露出在穿著上躍躍欲試的姿態，並總能得到母親言語上冒險的鼓勵，卻會同時感覺到父親的不安與阻逆態度。父親幾次禁止穿著迷你裙的姊姊出門去，他說：「我們家的女孩不准穿著這麼短的裙子出門！」姊姊極度不服氣地問：「為什麼我不可以，大家都是這樣穿的啊。」他就會說：「你就是太天真了，根本還不知道外面的男人有多壞。」父親也會怒責弟弟在家裡坦露上身四處行走，他說：「你這樣成體統嗎？你難道不知道家裡還有別的女人在嗎？」

父親被朋友稱道讚許的豪氣江湖，與他內心依舊堅持必須禮儀持家的觀念，一直帶著矛盾意味地並行無違。我們只有在他定期找盲眼按摩師來到家裡時，才會感覺到他身體的些許寬鬆解放，然而即使這樣讓他人貼身觸碰身體的筋肉鬆解過程，他也不允許我們的一旁觀看，只有母親可以出入那緊閉起來的榻榻米臥房，讓一切更顯神祕與禁忌。也因此，這一切的小心與顧慮，在在都塑造出他身體自來即存有、某種與我們的陌生距離感。

※

父親雖然沒有什麼經常的小病小痛，卻定時會冒出血地大病一場。在他病倒休養的時候，家中氣氛會顯得安靜肅殺，母親凝重憂心的表情，立刻感染我們全部的人，我們忽然都顯得成熟自重地生活著，好像一起在做著什麼懺悔的彌補儀式。母親認真燉煮補品來回餵食，父親則是顯得氣弱地躺在榻榻米床榻，安靜聆聽母親半是關懷半是抱怨的不時嘮叨，頓時彷彿他也變成和我們一樣無知無能的小男孩了。

父親會趁母親不留神的時候，對好奇探頭去偷窺躺臥床鋪景況的我，小心揮手示意貼靠過來，然後遞給我還沒吃完的豬肝湯，用溫暖的眼神指引我快點吃下去，迅速一起完成這個屬於我們的祕密行為。父親生病時的神情，是我對他最為懷念的印象，因為這時候柔弱的他，顯得尤其得以親近也溫暖，與平日在外面和這個世界作周旋時，展現出來那種聰敏、熱情與活力模樣大不相同。那樣四處奔波風風火火的他，是屬於我並不熟悉的那個外面世界，生病時忽然變得軟弱也無助的他，才是屬於我們家人的父親。

※

父親基本上完全不做運動，也沒有特別留意看顧自己的健康，卻一直維持著未曾改變過的瘦削身材，像被什麼模子打造出來的固定型體，加以年輕時愛穿著裁縫師傅手工訂製的西裝，總能夠瀟灑也自信地挺立著。我唯一看過他做運動，是他偶然加入了幾個同事的桌球遊戲，我十分詫異發覺他居然有著如此矯健的身手，望著他自如地來回揮擊小白球，我從心裡湧起一種崇拜與驕傲混雜的神聖感受。

是的，父親以著成功者的自信，悠遊地存活在我幼時的記憶裡，我也見得出來母親以類同的愛慕與榮光交織心情，仰望著她所愛的丈夫，並幸福地一起經營著我們所共有的這個家。他們彼此這樣曾經相愛也相惜的日子，以及堅信我們必然可以餘生一直幸福無慮的篤定態度，就是我最為甜蜜安然的幼年記憶，也為我某種與生俱來的憂懼性格，打造起一座安全的巨大屏障。

父親調職到台北前，母親用帶著驕傲的語氣，像是無意地對我們說著：「你們知道嗎，台北那邊可是很期待你爸爸能夠過去上班的。他們主管還特地親自打電話來問我，說想知道你爸喜歡的顏色是什麼呢？你們……有誰能猜得到究竟這樣是為什麼嗎？」

我們自然無人可以回答這個奇怪的問題，母親就用揚起的語調說：「就是啊，等你爸真到台北上班以後，他們會配一部車接送你爸上下班，他們想在你爸來到之前，先把車子重新烤漆成你爸喜歡的顏色，算是給他一個歡迎的驚喜啊！那……有人猜得到是什麼顏色嗎？」

我們都驚訝地搖著頭。

「就是鵝綠色啊！哈哈，但那……其實是我喜歡的顏色，你爸對顏色根本是無所謂的，是我覺得鵝綠色好看。然後啊，他們還偷偷告訴我，也會順便把他的辦公室粉刷成一樣的鵝綠色呢。」

母親顯得既是得意也滿足，她環視了我們一眼，繼續說：「我要鄭重跟你們全部人講清楚，就是這樣一件事情，絕絕對對不許對人說出來，尤其誰也不許先讓你爸在事前就知道，你們聽到了嗎？」

我後來有去過父親辦公室，見到鵝綠色的牆壁和天花，也見到被重新烤漆的鵝綠色公務車，我一直覺得那車子並不好看，奇怪的顏色和像是包覆上去的烤漆，讓一切顯得尤其滑稽。而且，到台北沒有太久之後，父親就忽然被調職，鵝綠色的車子和辦公室，一起迅速從我的眼界消失去。

※

父親照例在餐前帶領大家做謝飯禱告，這是他進入中老年才開始的習慣，一桌九個人只有他和兩個姊姊是基督徒，但其他人還是都低頭不語地接受這個全新的飯前儀式。母親算是隱性卻虔誠的佛教徒，或因為尊重父親的宗教信仰，她從不在家裡作出任何與佛教相關的舉止動作，甚至會心情歡喜地協助兩個姊姊布置聖誕樹，或是在家裡接待父親聚會所弟兄姊妹定期來家裡的聚會活動。

母親只有在困惑難解的時候，才會自己私下搭車去到遠處的龍山寺問籤，這是她後來最信任的廟宇。原因是她帶著兩個弟弟剛到台灣時，颱風天接到二弟就讀警察學校的電話緊急通知，說她的二弟突然高燒昏迷不醒，可是因為颱風淹水無法送醫。母親當下慌亂也無助，就聽從工作處所宿舍裡女傭的建議，立刻趕去本來陌生的龍山寺問籤，居然問到一帖治療腫瘤用的疔膏，趕忙涉水去到警察學校，發現在二弟的腋下，真的有顆已經腫大流膿的腫瘤，這個疔膏就及時挽回了她二弟的病情。

母親後來遇到難解或無法決定的事情，就會去龍山寺問籤求解。她自然會先請廟裡的人幫她解籤，但是回到家裡後，也會在私下無人時，讓我重新為她解釋一次。她說：「你來幫我看一下，這個籤裡的詩句，究竟是在說什麼呢？」我當然知道她已經聽過廟裡的解籤說明了，但是她為了謹慎小心或是什麼別的原因，總是會單獨讓我再為她解釋一次。我依著詩句的內容對她作說明，母親十分專注地聆聽著，然後她就輕輕點著頭，小心地把這詩籤摺得細細一小塊，收放在她皮包深處的小袋子裡。

母親通常並不告訴我這個籤究竟是在問什麼，她只是把自己的擔憂，放在心裡收藏著，用極有耐心的暗隱方法，一點一點地慢慢處理所有面對的問題。譬如我從外島服役回來時，當時一心只想著能夠早點找個工作分擔家計，母親卻把我拉到屋子角落，問我有沒有出國念書的打算？

「出國念書……我嗎？怎麼可能……那可是要花很多錢的。」我完全被母親的問話，驚嚇得說不出話來。

「關於錢的事情，我有一直在想辦法存著，只要你心裡真有這樣的想法，我就會繼續存下去，一定可以解決的。而且……我也問過神明的意思，神明說一切都會沒有問題的。」

「可是……可是，那不是一小筆錢，那可是很大的一筆錢呢！」

「我不知道到底你出國念書會需要多少錢，反正只要你心裡有這個想法，我就一定會盡力配合你的志向，明白嗎？」

「喔……是這樣的嗎？那……我明白了。」

「然後，千萬不要太早現在就對你爸爸或是誰說起這件事情，尤其不可以提到我有在為你準備錢的事情。你知道……他是留不住錢的那種人，這樣你知道了嗎？」

「喔，我知道了。」

※

父親的脾氣在他工作挫折後，就明顯有了改變。他會忽然對母親煮食上桌的晚餐，發出不滿的怨言：「家裡是沒有鹽了嗎……怎麼什麼味道都沒有呢？」

或是說：「這個魚有蒸熟嗎？你自己不會先試吃一下嗎？」

母親就立刻端起菜，奔回廚房再次下鍋料理，我們都聽得見因為急忙煮食發出來的鏗鏘聲音，然後母親帶著歉意的表情端菜回來，用福州話對父親說：「現在這樣你再吃吃看，是不是有比較好了？」

母親婚姻後的前段生活，過得相對優渥，長期多半有傭人幫忙料理，自然沒有鍛鍊出什麼認真的廚藝。她的個性其實也有些大而化之，並不喜歡拘泥於女性角色的那些瑣碎事情，她常常抱怨因為自己身為女性，從小就被剝奪無數個人成長的機會與挑戰。她會說：「要是我生來是個男孩子，今天絕對不只就是這樣的。」母親說著這話時，有時還會拭著淚。

母親喜歡說各種故事給我們聽，而她最喜歡的無非是《三國演義》或《封神榜》，或是類同那樣充滿俠意豪情與激昂情節的演義故事。我幼小時看神采飛揚說著故事的母親，完全覺得她已經化身成為她口中那些帥氣趙子龍什麼的人物了。母親是一個既天真也充滿夢想的人，她會因為怨嘆自己從來沒有機會去追尋夢想，因此對我們的任何願望或夢想，都是全力地支持與鼓勵，和父親只是希望我們能夠保守持家並安全無慮就覺得滿足的態度，有著截然不同的個性與期待。

※

初到台北的前幾年，逢年過節絡繹會有人送禮上門，興盛起來還會相互撞上，爸媽要同時分頭忙著應付。送來的東西五花八門，應景禮盒自然很多，另外就是各色的洋酒，有些父親捨不得喝的，就放上酒櫃當擺設的裝飾，其他的通通收入暗櫃裡。另外我印象最深刻的，竟然有人送了活雞來，甚至還有人送來活魚和活鱉，讓母親傷足腦筋要如何處理。

但是，這樣被人奉承的美好日子，在父親工作轉變後，迅速地消失不見，也就是根本不再有人上門送禮了。我甚至反而見到父親在年節時，會不吭聲地偷偷拿出櫃子裡的洋酒，帶出門去暗自轉送他人。我日後回想起這一切，不免會想著在我成長的記憶裡，似乎只見到爸媽如何收禮的應對方式，從來沒見過他們彎腰送禮的模樣，這樣偏頗單面人生姿態的仿效過程，不知是否影響我日後面對現實，經常顯得貧乏的能力呢？

是的，日後慢慢想起來，不免可以覺察到父親收禮的從容優雅，這與他在送禮時的慌亂不自在，形成了強烈的對比。雖然在我祖父去世後，他和婆就過起了孤兒寡母的艱苦生活，但他本性裡還是有著一種家傳的優渥與傲氣，他可以仁慈慷慨地施惠他人，卻絲毫不懂得如何彎腰乞求。

後來倖存的所有洋酒，在大哥婚宴時被闖空門的小偷清理一空，完全沒有留下任何一瓶洋酒，可來作為父親曾一度輝煌的記憶憑證。因此，晚年時喜歡喝點小酒的父親，經常就是自己去買公賣局的酒，宵夜吃著晚餐的冰涼剩菜，一個人安靜地倒著酒喝著，好像他的人生從來就與洋酒沒有任何關係似的。

※

母親後來其實很認真地鍛鍊著她的廚藝，除了依賴她不知哪裡得來的一小本傅培梅食譜外，她為了應付一家九口的需索，尤其勤勉地學做各種饅頭包子，從發麵、擀餃子皮到大蒸籠出爐，似乎都完全難不倒她。這是我們幼年在南部小鎮生長時，不曾看見到的日常食物景象，彷彿我們忽然從某一種混雜著福州口味與台灣式樣的飲食，忽然轉入到帶著北方人氣味的生活裡。

當然對母親而言，就是可以怎樣去應付我們都在成長中的龐大飲食需索，如何能夠迅速、便宜又不單調地讓我們能夠吃飽，這就是她最大的挑戰。現在想來，這其實真是一件困難的巨大任務，我記得她曾經遠道去到城市另一端的市場，買回來一整顆完整的羊頭，因為她想要煮食羊肉羹湯給我們吃，但是又覺得羊肉太貴，就自己剃毛清理整顆羊頭，然後下鍋用水煮熟，再把羊頭上的皮肉，一點一點地撕除剝落下來，小心切成皮肉相連的細絲條，煮成帶著酸辣口味、溫暖可口的一道冬夜熱羹湯。

我一直記得這道別出心裁的羊肉羹湯，它讓我意識到母親絕不放棄的良苦用心，以及她希望能滿足我們飲食期待的認真努力。當然，我更是記得那一天我從學校回到家裡，打開冰箱居然見到一顆瞪著巨大雙眼的羊頭，當下的震撼與恐懼。

※

母親在我剛上大學的時候，忽然宣布她已經完成作為我們母親的角色，要開始追求她一直期望的學習生活。我問她究竟想要去學習什麼呢？母親說她早已經想好也準備好了：「就是，我已經去民權國小報名游泳訓練班了，他們有開設不分年齡那種誰都可以參加的暑期游泳初級班，我早就想要去那裡學游泳了呢。」

同時看到有人張貼吉他家教的廣告，母親真的請了那個算是鄰居的英文系大學生，每週來家裡為她教授吉他的彈奏。母親甚至另外商量請這位大學生，同時擔任她的英文家教，開啟母親近乎全面向學的新生涯。我們因此必須接受晚餐後會聽到的重複吉他練習聲響，以及單調的英文單字背誦音調。

我們都安靜也驚訝地看著母親這樣劇烈的轉變，也暗裡詫異兼佩服她可以說做就做的毅力。然而，學習並不如想像來得順利，就是母親每晚練習的吉他旋律，確實一直停留在令人心煩的同一首兒歌狀態，英文的進展就更顯崎嶇，總是背著同樣的字母與單字。這樣停滯不前的狀態，竟成了我們隱而不言的奇怪壓力。父親從頭到尾彷彿完全事不干己地不聞不問，大家也都害怕任何的特別關注與疑慮，不免要讓興致勃勃的母親心生不快。

幸好家教老師自己宣告學業繁忙地辭去工作，讓大家都同時鬆了一口氣，游泳課也在天氣逐漸轉涼後，自然而然地結束掉，免去我們必須面對母親可能會顯露出失落挫敗神情的壓力。

基本上，她是一個有著俠義個性的女子，然而照顧好家庭大小事務，還是她人生的一切，她的一世全部奉獻給了她的所有家人。她選擇了這樣的人生，她並不全然甘心與快樂，但是我覺得母親從來沒有後悔，她也許覺得遺憾，但是並不後悔。

※

母親一直是個天真直率也深愛著她娘家那邊的所有人，譬如，她講到她的母親如何辛苦一世時會哭起來，講到她的父親如何凶惡不能講理時，則會像在責罵誰家晚輩那樣地忿忿數落著她的父親，然後她又長姊若母那樣照顧與愛護著她的幾個弟弟。

母親常說她父親是如何嚴格不近人情，她說刺繡工廠的師傅徒弟，沒有一個不懼怕他的。她說：

「但是，他們會這麼怕他，也不是沒有原因，畢竟他刺繡的功夫，還是沒有人跟得上啊！你知道有一次廟會用的大塊緞布，大家合力刺繡出來一尾龐大的龍身，最後的那雙眼珠子沒人敢去繡，還是等著我爸出手。他在大家眼睜睜地注視之下，完全不依規矩地亂針出入，像是酒醉的人跳舞那樣，三兩下地就繡出來兩顆活跳跳的眼珠子來，讓所有圍觀的人都忍不住喝采起來了呢！」

「所以，他的功夫還是最好的吧？」

「那當然就是這樣的啊！所以他再怎麼凶，那些師傅還是服氣他的。還有我告訴你，那條後來掛在壁上的龍，有人半夜親眼看到會自己飛出來在前庭玩耍，根本就跟活著的龍一樣呢！」

「怎麼可能會有這種事情，我才不相信。」我抗拒地說著。

「這是千真萬確的事情，那時可是整個街坊的人都知道的啊！」

「我才不信。那……那你爸這麼凶，你怕不怕他呢？」我問著母親。

「我才不怕他呢！」母親說。

「你為什麼可以不怕他？」

「因為我會跟他講理，他從來是講不過我的，就自然會自己收斂一些。我就跟你講一件事，雖然我們屋子裡所有的人都怕死了他，連我那個可憐的媽媽也一樣，就是單單只有我一個人不怕他，只有我從小就敢跟他頂嘴理論的。」

「喔，是這樣的啊！」我說著。

※

母親後來夜裡兩次摔倒折斷髖骨，只能長期臥倒床榻，必須讓他人來照顧料理。她反覆對必須這樣活著表示無奈與不滿，可是如此讓她哀嘆的生活，竟也拖了好幾年。忽然，就在一個平常的早上，她才把姊姊親自餵食她的最後一口粥吞食下去，顯得舒適地閉眼預備休息一下，沒想到一闔眼就直接離去了。

我接到電話立刻趕過去，見母親安詳地躺在床上，彷彿正在睡夢中的神情。我想起來母親越到年長後，忽然也越發與我親近的過程，她也許一直認為我在年幼時，個性難以親近也孤僻古怪，就選擇放我一旁自己生滅，後來卻越來對我越是信任，許多大小事情都要特別來問我的意見，甚至允許我直接公開訴說她的不是，會像小孩一樣地低頭生氣不語。

我走靠近母親的床榻，雙手握住她一隻已經冰涼的手掌，然後坐上她的床沿，認真看著母親的顏臉。這張臉是如何伴著我長大過來，從曾經盛放的燦爛飽滿容貌，終於逐漸枯老萎縮下去。然而，一直從來不曾改變過的，就是她自來有著的一張最美麗臉孔。我慢慢地俯身下去，親吻著她布滿皺紋的額頭，輕輕地對母親說：「謝謝你啊，媽媽！」

這時我注意到她的眼簾微微啟著一條縫隙，黑色的眼珠子彷彿還望著我。我就用手掌輕輕地掩蓋上去，心裡繼續對她說著：「媽媽，你就安心地離開這裡吧，不要再掛慮世間的任何事情了，你去陪伴你最愛的外婆吧！」

母親順服地闔上了雙眼。她此時的神情，既是莊嚴也是安詳。

※

童年對我說：「你知道嗎，我發現你會不斷地重複訴說同樣的某一些記憶呢！」

我回答說：「我也注意到了。我其實沒有辦法，我只是在溪邊汲水的男孩，我完全不能決定究竟是哪些溪水，會願意注入到我的水罐裡來的呢？」

「即令是已經注入過你水罐裡，又再度重返來的那些水嗎？」

「是的。」

「會不會根本是你從來沒把某一些迴繞不去的記憶，清楚地交代說明白，它們才必須這樣不斷地回來找你，提醒你還有遺漏不足的地方。」

「我覺得很可能就是這樣的，你說的完全沒有錯啊。」

「但是，也有可能是你蓄意地迴避了那些帶著漩渦的急湍流水，因此才只能重複地流連在同樣平靜的固定水流裡？」童年又說。

「你是說我會選擇性地迴避某些記憶？」

「這也是有可能的啊！」

「譬如什麼呢？」

「譬如爸爸和媽媽後來的衝突與爭執……」

「啊，那些記憶……我確實不想再去回看。我並不喜歡重新走入那樣不愉快也緊張的時空裡。」

「沒有人喜歡，我們都是一樣的啊。」

「一直到現在我還是很畏懼與人發生爭執或衝突，這或許也是源自於心裡留下的某種陰影吧！」

「是的，很可能是這樣的。」童年說。

※

對父親日日增加的抱怨，應該是來自於母親對父親信任感的某種破滅。我還記得幼小時，父親中午會從辦公室一路走回家來，並和我們一起共吃午食，然後睡個午覺再去上班。那時候的生活很平靜確實，母親日日都開心地去買菜煮飯，我們都一起等著父親回來午餐。

後來不知道為何，父親中午就都留在辦公室，母親會為他準備現做的熱食便當，然後一手打著陽傘、一手攜著放有便當的竹籃子，和抓著母親裙角的我一起歡喜地去為父親送便當。我記得母親準備便當時專注的模樣，我在一旁看著她的動作，完全感覺得到她的快樂與驕傲。

母親對父親的某種幻滅，自然和父親經濟收入的頓降有關，這讓她突然對未來感覺到巨大的不安與惶恐，她雖然立即做了各種節約生活的調整，但是心裡也完全知道某種過往的幸福，已然永遠不會再復返了。與此同時改變的，是那個一度講究衣著配件，總是散發著才情自信的父親，也在這樣的挫敗與失意後，同時地從人間消失遠去，在我們不知覺間，換成了另外一個男子了。

另外，壓倒這一切的最後那根稻草，則是母親對於父親是否有著其他戀情的懷疑。

這種父親可能對妻子與家庭不忠的懷疑，我甚至覺得從我有意識的幼時，就像什麼魂魄似的存在著，只是那時的母親自信也自傲，完全不覺得會有什麼真正的威脅，也不願讓人見出自己的嫉妒與小氣，在某種雙方共同默契的和諧狀態下，兩人相安無事地生活下去。

然而，當包覆著現實的華麗與飽滿忽然破滅，這一切內隱的懷疑與怒氣，就如同氣球般一顆顆地爆破開來。母親開始顯現出一種巨大的委屈，會對我們陳述著父親各樣不忠於她的過往事跡，完全迥異於她向來對於父親形象的小心塑造與維持。當父親意識到自己逐漸成為家庭裡，那個彷彿從來就是犯錯帶罪的男人時，他先是有些驚訝與不安，然後自我辯護的反擊，有如忽然因被眾人入罪而驚慌失措的男孩。

※

父親會當著我們的面，指著母親說：「你說謊，你是一個愛說謊的人。」

母親不甘示弱地回說：「我沒有說謊，你才是說謊的人。」

「你天生就是會說謊的人。」

「你才是愛說謊的人。」

他們反覆說著這同樣的話語，彷彿皆想贏得我們的信任與認同。其實，我從來沒有把他們想像成那種會說謊的人。對我而言，他們是那種不會說謊、不愛說謊，也完全不需要說謊的人。在我與他們共築也共同生活的世界，說謊從來就是一件極其可笑的事情，我們都不需要說謊，我們沒有謊言也能和樂生活下去的。

母親晚年時，會私下問我說：「我看你不但不結婚，連對象也不認真來往，是不是因為你看我和你爸這樣吵架，就對結婚失去信心了呢？但是，你還是要聽我說，我們雖然這樣吵歸吵，但是我們畢竟是很相愛的，我們都知道我們會一世互相照顧到底的。」又說：「你還是要找個相愛的人，一定要有人可以互相照顧到底的啊。」

我想起來小時候家裡養過一次貓，那是少見也難得的狀態，因為儘管父親極度愛貓，母親卻無法忍受掉落的貓毛，並且堅持說貓的身體有跳蚤不乾淨。母親會反覆提說她剛新婚搬進父親狹小宿舍時，夜裡發覺父親養的那隻貓，居然要跳上床來共眠，把她嚇得無法睡覺，立刻堅持父親隔日就把那隻貓送人的事情。

我們搬到台北那年，不知為何養了一隻貓，並隨著我們隔年搬去永和。這貓個性並不親人，幾乎成天見不到蹤影，只有晚餐會出現來索食，母親把剩飯拌著跟魚販要來的魚頭內臟，裝一大盆子餵食那貓。有一天，貓就不再回來了，我想貓是不是找到別的更好的人家，他們說貓是認食物不認人的，我和姊姊連續幾個晚上，在附近巷子穿梭喚叫著：「小虎，小虎，你在哪裡？」卻不見那貓再次出現來。

母親說這貓一定是尋回去金山街的舊家了，她說：「貓是懂得念舊的，牠們永遠找得到回家的路。牠們戀家不戀人的。」

※

父親退休時，逢上八〇年代後期的股票狂飆，一生從來不知如何理財的他，決定把他僅有的退休金，拿來加入這場宏大的淘金夢。然而，最後不僅無法如他人那樣財源滾滾進來，反而有一次下單買進股票時，不知為何居然多寫了一個零，因為帳戶沒有足夠存款支付，結果竟然被移送法辦，甚至還被法院下令把我們唯一的公寓住家，貼上了暫時查封的法院貼條。

父親覺得這是他人生最大的恥辱，除了央求來貼封條的人，貼到比較不引人注意的大門角落外，他因此還每日小心避開出入的鄰居，不想去面對他人質疑與好奇的目光。基本上，他覺得這樣被查封的貼條，讓自己的顏面尊嚴俱失，因為他還是嚴肅地認為自己是文人傳家，這樣買賣投機又失敗的事情，簡直是敗壞家風家門的羞恥明證。

幸好法院選擇相信父親的無辜錯誤，裁罰一些錢就讓父親平安脫身返回。然而，這樣平生第一次涉足商業投資的領域，就全然挫敗收手告終，父親此後就不再提起任何投資理財的事情，也堅決反對我們有任何的類似舉動想法，只期望大家能和他一樣回到安靜保守的生活。

※

母親堅信父親與最後工作醫院的一位女職員，必然有著牽連不明的情感關係。母親十分篤定也確實地描述著這位情敵的模樣，包括她的身世背景，她的平常打扮模樣，她每日工作的位置樣態，仔細翔實的程度完全令我驚訝。我特別有幾次繞過去醫院，遠遠地想要看清母親口中這個女人的模樣，同時想像已經快到退休年紀、往日風采與自信大半無存的父親，如何竟還能得到另一個女人這樣在暮年的傾心，我心裡完全沒有什麼譴責的意味，只是想到記憶裡年輕時的父親模樣，反而有種酸楚的滋味繚繞出來。

在臨出國留學的前兩天，父親宣布他一個女同事堅持要親自來家裡為我送行，母親詭譎的表情透露著不安的情緒，父親不斷淡化整件事情的嚴重性，說就是一直關心我動向的熱心同事，覺得一個人這樣辛苦出國前，一定要親自過來幫我打氣鼓勵。

那位母親描述已久的女人，果然晚餐後就按門鈴進來，十分熱絡地拉我坐她身邊，像是一位熟識我已久的長輩，不斷關懷地詢問我大小的問題。我看見父母拘謹也緊繃地各自坐在一旁，彷彿睜眼看著一場荒謬的戲劇演出。我絲毫不懷疑這位婦人的關懷態度，雖然不能明白她為何會如此關注我，然而我確實相信她表露的一切，都是完全真誠與坦率的心意。

婦人最後要我拿出來我特地買的禦寒羽毛衣，她說這衣服最重要不過了，因為美國冬天會下大雪，和我們台灣是完全不一樣的世界呢！我把衣服取出來給她看，婦人讓我穿上四下走動，又要自己也試穿一下，說她一定要親自確定這衣服究竟暖不暖。終於她告辭離去，臨出到門口時，忽然又喚我過去，再次叮嚀我要自己注意身體健康，並貼靠我耳邊迅速地說著：「我剛才留了一個小東西在你的羽毛衣口袋，你等一下自己去看看。」

後來發現是包著一張百元美金鈔票的紅包袋，我沒有告訴疑慮不安的母親，但立刻問了父親是不是要直接還給她呢？父親只是搖搖頭，說：「沒有關係，是她的好意，你就收下來吧！」我問父親為何她會想要包錢給我，她也不像是有太多餘裕的那種人啊？父親沒有回答我，就只是說：「這是她的好意，你就收著用吧！」

※

另外一次，是我上大學暑假在成功嶺受軍訓時，胃潰瘍突然發作大出血，送到台中的軍醫院治療。父親隔天從台北趕過來看我，知道出血已經止住，只是需要住院療養一陣子，才稍微放鬆下心情。下午他說出去買點東西，我以為會馬上回來，卻奇怪地離開許久，終於回來時說必須趕回台北，無法陪在台中照顧我，但是他有找到一個老朋友，答應說明天起每天下午會送一些飲食補品過來。

父親說著話時，眼睛避開看著他處，我立刻嗅聞到什麼奇怪的不安訊息。隔日果然出現來一個婦人，安靜地遞過來還溫熱著的湯品，說：「你先慢慢吃，我等一下再回來收。」就避到屋外等我吃食完畢。幾日不言語的現身與消失，終於一日正讀著我帶上成功嶺的一本大部頭俄國小說時，她好奇地問我說：「你在讀著的是什麼書？」我回答說：「就是一本小說。」她點了點頭說：「你爸一直很稱讚你的，你一定要照顧好自己，不要讓他失望了啊！」

我後來身體康復，又被送回成功嶺，從此不再見到那位婦人。她從頭到尾沒有對我說出任何一件關於她自己的事情，我甚至於連她到底是姓什麼、以及叫什麼名字，也都完全不知道。但是，我卻似乎感覺到一種愛的流動，奇妙地存在於她與父親、以及她與根本局外人的我之間。在這樣顯得離奇的浮動狀態裡，我很難具體去描述那個感覺究竟是什麼，但是，我確實感覺到一種源於陌生者的愛的存在，就像是這位與我並不相識的神祕婦人，在那幾日裡對我的照顧，確實讓我感覺到某種愛的真實存在。

※

在一旁聽我陳述這一切的童年，忽然又開口問我：「所以，你會覺得父親才是那個真正的說謊者嗎？」

「應該是吧。他本來就是一個過於浪漫也多情的人，加上天生溫文也細膩的個性，自然必須不斷地說謊，好讓每個人都能滿意也愉快。他很努力也毫無惡意地說著謊，用意是讓大家都幸福快樂，所以這樣的最後結果，也不令人意外吧！」我說著。

「那兩個婦人能同樣真心地關心你，是我比較驚訝的地方。」

「是啊，我其實也十分驚訝。我猜想是父親對她們敘述了許多關於我的事情，她們體會也認同父親對我的各種憂慮與期待，所以才會這樣無私地把她們對我父親的愛，也分享到我的身上吧！」

「所以，她們決定代替你父親的角色，為他傳達對你一直避而不言的愛嗎？」

「可能就是這樣，沒有錯。她們清楚地感覺到我們父子間的愛其實一直存在，以及，這樣的愛不知為何卻顯得困難與閉塞，而她們的愛是如此柔軟流動，可以包庇住同樣顯得軟弱的我及父親。」

「所以，母親並不是那個說謊者嗎？」童年又問著。

「母親從來沒有蓄意要說謊，但是父親也沒有說錯，母親爭執時會說出因嫉妒而生的臆測話語，其中當然實情與虛構交夾，這是十分正常的反應與結果吧！但是，母親所以會變成這樣的狀態，是她感覺到父親與她的親密及信任關係，已經全然流失掉。因此，她覺得既是傷心也慌亂，她唯一想要贏回來的，可能只是我們孩子們能夠對她的同情與支持，她覺得她並沒有得到生命的公平對待。」

「所以，他們兩人最後都是說謊者嗎？」

「是的。」

「你會因此對他們生氣嗎？」

「當然不會。我在乎的只是愛的存在與否，他們不得不互相控訴的那些謊言，反而讓我看到真正的愛，可能猶然存在的跡象，這是我以前沒能看見也不明白的地方。」

「那你會覺得父親個性裡，有著懦弱的部分嗎？」童年問著。

「嗯，可能吧。他愛著所有的人，也希望所有的人都能愛他，卻又不懂得如何清楚表達，所以就常顯得軟弱無助了。」

※

父親屆齡從醫院退休後，更加重視起他的信仰生活與身體飲食。每天早上獨自在客廳閱讀《聖經》，我完全看見他的專注與虔誠，而且面容顯現出來一種和諧與滿足的光彩，是一個浪子終於返家的感恩心情。他每日晨起都要喝一杯自己沖煮的咖啡，說是醫生說他有先天性的心臟瓣膜閉鎖不全症狀，長期喝咖啡有助於預防突發病症的發作。

「醫生說其實不嚴重，而且已經這樣一輩子了，就是小心飲食就好，譬如每天喝一杯咖啡，就是會對心臟和血管特別好的。」他解釋說。

「那你的這個什麼心臟瓣膜閉鎖不全的症狀，醫生有說最後到底要怎麼去處理嗎？」我問著。

「他說追蹤就好，不必特別治療。但是他決定把我列入研究的對象，就是讓他定期作診斷分析，會當作他自己的研究計畫結果。」

然而，父親也幾次不經意地提起他並不會活太久的事情，幾度把我弄得生氣起來，就直接問他說：

「你沒事老是提這個幹什麼呢？我看你明明比我還要健康多了，現在你又退休了，尤其可以怡情養性的，沒事幹嘛一直提這樣無趣的事情呢！」

「但是……這種事情究竟何時會發生來，又有誰能知道呢？」父親說著。

母親會一旁立刻岔進來，像是要安撫著我：「你爸天生就是多愁善感也特別愛杞人憂天，這個我們本來都知道的。你不要太去在意這些話，就隨他自己說，我們都聽聽就好。」

後來母親私下告訴我，因為祖父以及父親那個異母生的大哥，都是同樣在七十三歲那年走了，所以父親認定自己也必然會在那個年紀離開。我對這樣帶著迷信的說法，自然是很不屑地不予置評，覺得近乎愚昧與可笑。

就是在父親滿七十三歲那年，他一天晚餐鄭重地宣布，說他決定要去醫院動心臟瓣膜閉鎖不全的手術。

「為什麼呢？」我驚訝地問著：「而且，醫生不是說並沒有什麼立即危險，也沒有開刀必要的嗎？」

「是的，並不是因為有什麼危險，而是怕以後年紀更大身體老化，不免還是要動刀處理一下的。醫生說我現在既然健康狀況良好，不如就提前先來動個刀，也算是一勞永逸吧，而且醫生說這就是個小刀，根本沒有什麼風險的呢！」

「真的是這樣的嗎？」母親擔心地望向我。

「但是，你真的有想要去做這個手術嗎？這不是完全不做也沒有關係的嗎？」我問著父親。

「我想了很久，覺得不如就做下去算了吧。」父親說。

「是這樣嘛……那也好吧！」我故作輕鬆地說著。

※

父親一大早進了手術房，就沒有再醒著出來了。我們都被這個突發的狀況，驚嚇得說不出話來，姊姊甚至不斷宣稱要找開刀醫生問個分明。然而，我後來再去回想起來，覺得父親在預備這一切的過程裡，神情一直是帶著哀愁的沉著，譬如他執意用毛筆寫下十個字的對聯詩句，那是家族排行用的字序。他十分認真地去裝裱好，慎重其事地掛上餐廳的白牆，當著我們所有人的面前，彷彿宣示什麼地大聲念了一次。

我立刻注意到他寫錯了一個字，並當場指出這個難堪的錯誤。

「是嗎？這個字真的是錯的嗎？」父親不相信地戴起老花眼鏡，自己走到已經框好的字句前，喃喃自語地反覆端詳著。

「沒有關係啦，你從醫院回來後，找時間再寫一次就好了吧！」我安慰著顯得極為沮喪的父親。

父親當晚立刻重寫一次，我自然也被他這樣並不必要的堅持，弄得有些迷惑不解，也只能和大家一樣維持著靜默不語的旁觀姿態。另外我還注意到的，是父親久不寫的毛筆字，筆觸竟然顯得離奇地抖動與不穩，和我自小就有的記憶裡，他總是自豪也被人稱讚羨慕的書法能力，竟然有如此巨大的差異，這讓我有些震驚的感覺，但是我並沒有對他說什麼。

此外，更讓我們所有人在事發後都驚嚇的事情，是他竟然在手術的前夕，交代一封已經密封的信給大姊，說讓大姊先幫他收著，等到他回家後再還給他。那封信其實就是他的遺書，但是內容交代的僅僅是他喪禮儀式的處理方式，譬如該如何打電話給某葬儀社的某人，以及追思禮拜要怎樣安排處理，火化完要送去葬在祖母墓地一旁，還有必須要邀請哪些人，千萬不可以失禮遺漏，以及設法租輛遊覽車接送教會的弟兄姊妹們，這樣細微瑣碎的事務性雜事，卻完全沒有提到與我們一家人切身相關的任何事。

母親奇異地沉靜鎮定，對於遺書的內容，也只說你父親一世就是這樣的，總是想著別人的難處，完全不知道自己的家人，其實也有苦處。我很贊成母親的說法，父親就是一個過於浪漫也心軟的人，他一直怕痛更害怕死亡，他也絕對無法想像如果母親早他先離去，他究竟要怎樣自己過活下去，他完全依賴母親地活著的。

我想起來祖母去世後，父親顯得慌亂自責的舉動。我們知道父親非常愛他的母親，然而他當然知道祖母最後的生命，是痛苦孤單地躺在床榻上一人度過。我感覺到他巨大的內疚，他也彷彿背負著什麼原罪，在葬禮才剛一結束，就立刻剃了三分平頭，從此只穿著暗色衣服與一雙黑色布鞋，不再飲酒也拒絕飯局邀請。

父親像一個苦行僧那樣過起生活，變得尤其沉默寡言，彷彿他已轉換成一個我們都不熟悉的全新的人。但是，他並沒有要求我們任何人要和他一樣去行為，因為那是他自己獨有的母親，他就自己贖罪般扛起了那座沉重的十字架，日日實踐地付出他對祖母那帶著懊悔心情的追思。

※

我問童年說：「對了，你覺得我們都完全不熟悉的那個阿公，究竟是怎樣的一個人呢？」

童年說：「我小時候看著牆上那張他的黑白畫像，其實會感覺有點害怕的啊。」

我說：「我也是啊。他的臉整個瘦削得幾乎沒有肉，眼睛又大又圓又空洞，我一直以為人死掉以後，就會變成那個樣子的。」

童年說：「但是，他確實就是一個已經死掉很久的人啊！」

我說：「也許就是因為他的畫像一直掛在那裡，我有時會以為他並沒有真的死去，他一直在那裡望著我們的。」

童年說：「那你覺得他是不是一個個性嚴厲的人呢？」

我說：「他的臉雖然看起來很難親近，但是我卻有一種感覺，我覺得他就是一個像我們父親那樣內心溫暖的人呢！」

童年說：「真的嗎？」

我說：「是啊，我就是這樣感覺的。」

童年說：「父親一直是個溫暖的人。」

我說：「是啊。」

想起來國中時，我忽然著迷於下棋，已經找不到可對弈的棋伴時，會偶爾要求父親陪我下棋，他通常輕鬆贏得棋局，我也理所當然地認為必然就是如此。有一回，當我下完一手棋後，驚訝地發現父親竟然輸了，我不安地面對著這個尷尬的局面，父親也難為情地顯得異常沉靜，兩個人突然都不知道應該如何看待這個已然改變的對弈局面。

那天以後，我就不再邀請父親對弈，我心裡清楚我的棋力已經超過他了，然而我還不知如何面對輸了棋局的父親，我也不知如何面對忽然理解到這樣嶄新的事實，並可能餘生就是必然如此狀態的我自己。

然而，我記得父親在那一時刻的表情，那是帶著欣慰與羞慚的混雜面容，一如我與他一生似遠猶近的模糊奇異關係。

6

小舅與男孩：甦醒的夢以及小舟的啟程

孩子，你的痛苦與哀鳴，必能貫穿入人間和天庭。
那些因犯罪而扭曲的靈魂，是永不可原諒的深淵。

我剛踏出家門，就聽到耳後有人用幼時小名喚叫我。我十分地驚訝，第一個念頭想著是不是童年又來找我了。然而，在我身後是牽著一輛老式腳踏車的男人，他的穿著與髮型看起來都費心打理過，只是整個風格與式樣，不知道為何就覺得和整個世界有些格格不入的怪異感覺。

「不好意思，請問你是在叫我嗎？」我試探地問著。

「對啊，你不記得我了嗎？你忘記你的小舅了嗎？……我是你的小舅啊，你的……小舅就是我啊！」

「你是……我的小舅？他不是從我小時候就不見去，而且……聽說一輩子都是住在南部的一間療養院，不是嗎？」

「是啊，是啊！你說的那個人……就是我啊。」

我重新仔細端詳眼前這個男人，年紀接近三十歲，是瘦高英挺的好看青年，確實就像是我小時候留下模模糊糊印象我那個小舅的樣子。但是，這怎麼可能？就算小舅還活著，也應該接近九十或百歲了，怎麼可能依舊長得這樣年輕人的模樣。

「你確實和記憶裡我小舅的樣子十分相像。可是這是完全不可能的啊，他應該已經是一個很老很老的人了，不可能會是你現在這樣的年紀以及長相。還是，還是……你是他後來又再和誰生出來的小孩什麼的？」

「哈哈哈，我當然不是什麼誰跟誰又生出來的什麼孩子，我就是……你的小舅本人啊！」

我對小舅最後的印象，尤其是他在我眼前憤怒追逐著我的小舅媽，並在她尖聲叫著迅速閉鎖住的木門上面，怒氣用菜刀狠狠劈砍的情景，一直猶如電影場景那樣總是會反覆地魂縈回繞。那之後，他也立刻就被送去療養院治療，一輩子沒有再被他們放出來了。可是，現在面對著這個突然站立我面前的奇怪男人，所有的心思與記憶，忽然全部錯亂失序，時空也整個混淆起來。

「啊，你真的就是我的小舅，真的是這樣的嗎？那小舅，那麼……那麼你今天這樣忽然就出現來找我，是你有什麼特別的事情，必須要跟我討論或處理的嗎？」我按壓住我心中的疑問。

「其實沒有什麼特別的事情要討論，就是今天……今天其實是我的生日。然後……

然後他們說我可以特別招待一個親人，邀請他到那個由我親自照顧的神祕花園裡，和我一起慶生的呢！」

「今天……是你的生日？」

「對啊，就是今天。然後我想了很久，最後就想到你了。」

「可是，為什麼會是我呢？」

「其實，所有其他……其他我本來想要一起邀請來過生日的人，現在全都不在了，就像是我自己在福州的母親、你的爸爸媽媽，還有後來離開我的前妻，全部都不在了。然後，最後我就想起來我和前妻還生活在一起的時候，她出門最喜歡的同行伴侶，也就是小時候的你啊。所以，我最後就決定回來找你一起過生日，也算是同時對他們幾個人，以及對於那段時光表達的一種懷念吧。」

「喔，是這樣子的嗎？那……那你剛才說的那個……那個什麼神祕花園，究竟又是什麼呢？」

「那是一個沒有人能夠自行進入的神祕花園，我因為後來的行為與規範，都表現得十分良好，加上他們也注意到我和其他生命之間，似乎有一種特別的親密連結關係，所以就允許我離開那間療養院，獨自一個人來照顧這一座神祕花園。」

「那……這個神祕花園是屬於誰的呢？」

「神祕花園並不屬於誰，它完全就只是屬於它自己的。」

「怎麼……會有這種事情？既然不屬於任何人，你為何還需要去照顧它？而且，你這樣花所有時間去照顧這座花園，總要有個什麼原因和目的吧？」

「我內心的目的和責任，就是希望讓花園裡的一切大小生靈，都能覺得自在與幸福地活下去。」

「就只是這樣嗎？那……你現在就是要來帶我去看這個花園的嗎？」

「是啊。」

「……要怎麼去呢？」

「就騎這輛腳踏車載你過去啊，一切就像我們以前一樣的啊。」

「可是……可是那時我還是個小孩，我總是橫坐在你腳踏車的前桿上。畢竟那時候我又瘦又小，坐在前桿完全沒有問題，現在……那我現在還是可以這樣坐上去嗎？」我看著小舅似乎是牽著同一輛腳踏車，並且依舊沒有後座可以坐人。

「當然可以啊，一切都和以前一樣的。相信我，你快……快坐上來吧！」小舅露出欣喜也急切的笑容。

我彷彿被催眠似的，就坐上去那輛腳踏車的橫桿，然後小舅也跨騎上來。我忽然感覺自己的身軀又重新回到我幼時的模樣，依舊是那樣地瘦小與柔弱，聽見小舅耳邊溫柔叮嚀著：「你的雙手一定要握緊握好，我可是會騎得很快的，就像以前一樣的……你還記得從前的這一切吧？你的手要握緊喔！」

「好的，小舅！」我聽見自己用童年的聲音回答著。

就想起來昨夜的夢，見到那個忽然現身陌生又熟悉的男孩，從醒來一直到現在，夢中許多不可解的景象，依舊像是還眼前浮現般地鮮明。然後，我望著此刻同樣奇異就出現來的小舅，立即聯想到難道昨夜這個奇怪的夢，就是來預告著今日將與小舅的神奇相遇嗎？

在昨夜的夢裡，初初看到男孩漸漸從遠處光芒亮處走來，先是有些困惑想著這究竟是誰啊？為什麼這麼熟悉又這麼的陌生呢？然後，望見男孩目光閃閃的溫暖熱切神情，以及掛在臉上顯得歡欣的笑容，知道男孩必然是我曾經十分熟識、卻又如今淡忘去的某個舊識。

我仔細辨識著他的身體模樣，試圖找出什麼可以連結到過往記憶的訊息。首先吸引我注意的，是男孩略略顯得雜亂的鬈曲頭髮，這和我另外兩個親兄弟一模一樣，我記得幼年我與年紀相鄰的他們上街，經常引來路人好奇的圍觀與指點議論。他們尤其對我之外的這兩個小男孩，會發出像是讚嘆或是不解的交互耳語：

「你看那麼可愛的鬈髮，根本像是兩個洋娃娃吧！」

「對啊，要是眼珠子也是藍顏色的，就跟玩具店那些西洋娃娃一模一樣了呢！」

「也實在太可愛了。可是，中間的那個男孩怎麼就長得不一樣，完全沒有那種可愛的樣子？」

「也不能說不可愛啦，就只是長得和我們其他人家的孩子差不多而已吧。而且，你要知道他和兩個兄弟生來就完全不同，他完全不像他們天生健壯又大隻，都輕輕鬆鬆就得到那一年全鎮的健康寶寶冠軍。然後他媽懷他胎的過程特別艱苦，還差點就想打掉不要，生下來也是一路生病吃藥，當然長得是要比較不好一些吧。」

「對啊，這些事情我都還記得。但是說到底就是親兄弟有一個像他們的爸爸，另外兩個像他們的媽媽啊！」路人繼續交語著。

夢裡的男孩看我一直盯著他，彷彿想著什麼而顯得靜默無語，然後說：「是不是我這個模樣，讓你想起來幼年時候的你的兄弟了？沒錯的，你們一家三兄弟，除了你一個人之外，其他都長得像你媽娘家那邊的人。我其實也應該算是那一邊長相模樣的人，而且我一直懷疑我們那個家族，一定混有什麼外族人的基因。」

「真的會這樣嗎？可是……我媽不總是說她就是趙匡胤家族的真正後代嗎？你如果真的也懷疑你們家族的血統，那你覺得你們家究竟有什麼樣的外族人基因呢？」

「說真的，我一直懷疑可能是阿拉伯人。你媽家族以往居住生長的大陸老家，就是福州和馬尾那裡，歷史記載說因為海上貿易的關係，和阿拉伯那邊的人來往頻繁，如果血緣真的混到了什麼阿拉伯人的基因，完全不算怎麼稀奇的事情吧！」

「會是這樣的嗎？」我驚異地說著。

「當然是可能的啊。」小男孩篤定地回答著。

我想著母親也有的鬈髮，和她白晰異常的皮膚，還有幾個舅舅壯碩高挺的身軀，忽然覺得男孩說的話，其實真的有些可能。一時間不知道如何回話，就問著男孩說：「可是你呢，你究竟又是誰呢？為何你這樣的長相，根本就是我記憶裡兩個兄弟的同個模樣呢？」

「你也可以把我當成你的家人啊？」

「可是，我並不記得有你這個家人的啊！」

「也許，我就是在現實裡不允許存在的家人，像你那個被送進療養院的小舅一樣，所以只能偷偷溜進來你的夢境，偶爾來找你聊天的啊！」

「我的小舅是因為生病了，所以只能被送到那裡去的。」

「這我當然知道啊。」

「你也認識我的小舅嗎？」

「當然啊。而且，我們事實上常常在一起的呢！」

「是嗎？為什麼你們會在一起呢？還有……當你們不出現在我夢裡的時候，你們會在哪裡呢？」

「就自己去四處遊蕩啊，但是……其實我也從來沒有真正走遠去。好吧，偷偷告訴你，呵呵……我只要時不時想起你，就會隨時跑回來看看你最近如何了。」

「為什麼呢？」

「我也不知道。我一直記得你小時候的樣子，你安靜又不抱怨的樣子，特別會讓人擔心掛慮的呢！」

「所以，你就一直伴隨著我這樣的一生過來的嗎？」

「也可以這麼說，但是並沒有真的刻意特別去做的，就是會來來去去的，也進進出出的吧。」

「那你為何現在看起來還像是一個小男孩的模樣，我卻已經是一個顯得滄桑老邁的老人了呢？」

「哈哈哈，可能我的內心一直還停留在那時的狀態，你卻早早就離開你那時的純真心靈，而且這之間的距離，不知道幾千幾萬里遠的呢！」

「所以，你現在忽然又出現在我的夢裡，就只是為了要告訴我這件事情嗎？」我有些不開心地問著。

「當然不是的。但是，我最近尤其會想起你死去的父母，常常會想著他們當年做過的許多事情，發現自己從來沒有真正理解過他們呢！」男孩顯得有些遺憾。

「我現在也常常會有這同樣的感嘆啊。」我安慰著他。

「我知道，所以我才特別來找你啊。許多事情我沒法靠自己完整去記憶，我必須藉由你一起幫忙回溯記憶，才能拼湊出比較清楚的過程片段。」男孩說。

「我其實也只剩下一些片段零星的記憶，不知道幫不幫得上什麼忙呢？」

「不用擔心，放輕鬆一點。就讓我們彼此的記憶一起隨性地去散步對話，也許可以交織出一些什麼共同的記憶來吧。」男孩又說。

「記憶必須是一起交織出來的嗎？那我平常可以隨時就去回想他們嗎？還是，我是不是最好先在夢裡等待你的出現，再一起去回憶他們的呢？」我問著男孩。

「不用不用，完全不用擔心我到底在或不在，你就自在地照樣去過生活和作夢。我有時自然就會出來和你對話，即使我沒有出現的時候，你也要記得我其實從來沒有走遠去的。」

「那你不會擔心錯過了我獨自回想與記憶的部分嗎？」

「哈哈，不會錯過的。記憶本來就是連結一體，像在一起拼圖一樣，跟我們究竟分離或相聚一起，並沒有任何關係。」

「是這樣的嗎？」

「是的，就是這樣。」

「可是，現在我們這對話，根本是一場夢裡的對話，並不是真實的啊。」

「我知道這是夢。但是，夢就是最真實的，相信我。」男孩顯得十分篤定。

「是嗎？好吧。那我們還會再相見嗎？」

「會的，當然會的。」

男孩就從我的夢裡消失去了。

小舅沿著我住處巷弄外的街道騎著，我看見客家小館的女老闆如常地在騎樓下清洗東西，便當店門口依舊排著長龍，剛剛下課的小學生成群圍著泡沫紅茶飲料店。然後，小舅突然左轉往我經常散步的小溪，並且騎上去溪邊的棧道，穿梭進入春天剛綻放過櫻花的小徑。兩旁的櫻花枝現在已經長滿綠葉，和春天時節滿滿粉色花朵的景象大不相同，我依稀還聞得到那熟悉的氣味，一切都如此親近宜人。

「我會往堤岸外的河邊騎去，那邊比較空曠舒服也好騎。對了，在騎出去外面的河濱車道之前，你會想去逛一逛你平常最愛去的菜市場嗎？」小舅問著。

在我還猶豫著如何回答的時候，我們已經穿行在有些擁擠的市場。我看到那個販賣蒸煮玉米和花生的老婦人，還有總是顯得有些害羞叫賣著廚房用品的年輕男子，以及我定時會去購買花卉的鮮花鋪子，通通彷彿事先相約好地立在熟悉的記憶地方。花鋪女主人有次問我說：你是不是在經營餐廳呢？我說沒有啊，你為何會這樣來問我？她就笑著說因為很少有人會像你這樣固定來買花：「而且，我看得出來你買的鮮花，不是用來祭拜祖先什麼用的啊！」

小舅忽然說：「你現在覺得開心了嗎？我們馬上要出去河堤外，再來我就會騎得很快，你的雙手要抓緊喔！」

我立刻幼年那樣緊張起來，雙手抓緊腳踏車的橫把手，興奮也怯怯說著：「好的，小舅。」

我知道小舅特意繞行過我日常生活的路徑，全然是為了讓我覺得心情放鬆愉悅，他過往也是會這樣帶我去到處走逛，只是讓我覺得開心。有一次他問幼年的我，有沒有想要讓他載去哪裡呢？我忽然想到幼稚園裡那個金色頭髮的外國男孩，他住在鎮外的白漆獨立房子，每次我從接送的幼稚園小車下來，看見全車剩下他一個人，讓駕駛最後把他送往那個神祕也偏遠的鎮外小屋子去，就有種既是憧憬又傷感的奇異感受。

我告訴小舅我想去金髮男孩的家，小舅望著我點了點頭，說：「沒有問題。我知道他們的家在哪裡，我可以載你去。沒有問題，上來吧！」我們就啟程這個神祕也興奮的共同旅程。我喜歡這樣與小舅的私密旅行，我的父母畢竟經常太忙，沒有時間招呼我的各種願望，我也難於與同齡玩伴結交成為知己，小舅這樣帶著幻夢姿態地偶爾現身與我同行，恰恰滿足了我幼年的某種空虛與期待。

我記得小舅與我到達那座神祕模樣的屋子時，我們都顯露出緊張的神情，然後金髮男孩的母親啟門，明白我是她兒子的同學，就熱情地招呼我們入內。男孩父親是從外國遠道來的牧師，他們屋內的一切陳設擺置，都顯得出奇地新穎別緻，婦人抱歉說男孩正好與父親外出去，要我們隨意坐坐看看，她先去廚房為我們預備飲料點心。

小舅隨即起身走向後面的花園，我跟著他立在落地拉門前，看他獨自走向一座藍色的游泳池。他站在水池前毫不猶豫地迅速脫掉全部的衣服，然後雕像一樣地躍身入到池中，濺起了喝采般四散的白色水花，完全自在無人地來回游泳。我被眼前這景象完全地震撼住，因為我之前並沒有見過游泳池，我也不知道小舅竟然能夠這樣往返自如地游著泳。

我注意到斜側面的橫窗，牧師夫人和我一樣正目不轉睛地望著水中來去自如、全然裸身的小舅。後來發生的事情我就不太記得了，好像牧師一家為了什麼原因，迅速就搬離開小鎮，牧師夫人堅持把四口瓦斯爐附帶烤箱的龐大廚具，突兀地送到我們相對簡陋擁擠的廚房來，我們也立刻成了整幢宿舍裡，唯一使用瓦斯生火的家戶，並引來許多好奇觀看的鄰家居民。我還記得母親曾經試著想用那烤箱去做吐司，然而出爐顯得黑硬頑強的失敗成品，讓母親再也不敢輕易去開啟那個烤箱。

那是冒著無數魔幻煙雲、也夢幻奇怪的夏日時光，烘烤失敗發出焦味的吐司，金髮男孩和裸身的小舅，以及總是孤獨一人的我，交織出全然超乎現實的難忘景象。

小舅騎到濱河的單車道，低頭對我說：「現在我要全力加速了，一切就像以前我們騎在田間小路，一邊衝刺飆騎一邊歡呼，那樣總是引來所有農夫停下農事的注目景象。這些……你都還記得嗎，你要好好抓緊手把喔！」然後，我的耳朵聽到颯颯地呼嘯風聲，眼前開始紛紛掠過去的河流、綠樹和遠處山巒，忽遠忽近各自漂浮起來，我和小舅再次一起進入我們共有的魔幻旅程。

我一直喜歡這樣與小舅同行的幻夢行程，而小舅居然又這樣出乎預料地現身我面前，讓我雖然有些驚嚇，更有著許多的驚喜。我問小舅為何要特別來看我，他只是聳聳肩沒說什麼，我們露出像是兩個完全不需言語說明老朋友那樣的神情，就安靜地繼續騎在彷如總在夢裡反覆出現的路徑，十足默契地再次相約要一起去哪裡玩耍。

小舅終於開口說：「對了，你之前說到你父親胃出血的事情，我完全記得那時全家凝重的氣氛，大家都深深感受到你父親作為一家人支柱的無可替代，因此十分憂慮他突然的衰弱病倒，究竟能否迅速康復起來。」

「是啊。我記得我特別會認真寫學校作業，安靜快速地吃食晚餐，並準時上床去睡覺。以為父親所以病倒，必定和自己夠不夠乖巧聽話，有著什麼神祕的必然關連呢。」

「哈哈，小孩當然都是這樣想的啊！」

「幸好……幸好他並不常這樣子病倒呢！」我說著

「我現在記得的反而是當你生病時，他顯得鎮定其實內心焦慮的模樣。譬如他帶你搭公車去看鼻竇炎的過程，他的表情十分凝重，卻還是要強作輕鬆的模樣。」小舅露出覺得好笑的表情。

「對啊，那時我正進入不願和大人溝通的青春期，很難讓別人與我輕鬆說話。而且，那也正好是我們搬到台北不久，家計不知為何忽然十分困難起來的時候。」

「沒錯，我還記得那段時間。你父親忽然調離原來上班的單位，改去到一個規模很小、而且位在城市遠處角落的衛生所工作，原本接送他上下班的公務車，從此也不見去，他必須很早就出門自行搭公車上班。」小舅說著。

「是的。母親顯得緊張地節約緊縮起我們的日常開支，但是她和父親始終絕口不提父親原本的工作，究竟發生了什麼事情。」

「對啊，那時你父親一下班剛到家，就會立刻帶你去到遠處治療鼻竇炎。我記得你們必須要搭乘好幾趟公車，過程中要轉來轉去的麻煩路程，其實是一趟很遠的路途啊！」小舅搖著頭說。

是的，那時候我的鼻子忽然有過敏現象，父親選擇去到遠處的奇怪小診所就醫，每週兩次帶我去做沖洗鼻內腔的治療程序。通常他下班一到家，我們就一起出門搭公車，治療過程大約半個小時，只是無聊難受地用小塑膠管持續沖著加鹽的淨水到鼻內，父親安靜坐在遠處望著我，臉上露出他那慣有的憂慮神色。我們一離開診所，父親會先帶我到鄰近的一家北方小館子，就只是單點一碗油豆腐細粉給我吃，他自己堅持絕對不吃，他說他完全不餓。我知道他擔心我的肚子餓了，因為等我們回到家時，家人早都吃過晚餐，母親為我們特別留下食物，讓我們兩人安靜地在餐桌的燈下吃食。

「我記得有一段時間，你和父親間存在著十分緊張的關係，尤其會在大家晚餐時瀰漫四散出來，讓所有的人都感覺到浮動在空氣裡的不安氣氛。」小舅用輕聲的語氣說著。

「對啊，現在想來也實在很可笑，我和父親那時候簡直像是兩個愛賭氣的小孩子一樣呢。」

「但是，你們個性其實很相近，都是安靜也不愛爭執的那種人。那究竟是為了什麼緣故，竟然最後會這樣子地相互對峙著呢？」小舅問著。

「現在回想起來，似乎一切都比較清晰了。我想從最早剛一搬家到台北，我就一直沒有真正尋找到我的寧靜狀態，我被迫必須快速去適應這個怪異的世界，以及接受家庭富裕景況的忽然沒落。然而，我的父母完全沒有留意到我內在的緊張與抗拒，他們只是各自陷入他們自己的某種慌亂中，母親就日日周旋於現實金錢欠缺的突然壓迫，父親則因工作的挫敗與憤怒，轉而尋求飲酒交友與放縱自我的生活。」

「是的，那時看似和諧的家庭，已然失去你們幼年曾經相互信賴的團聚氛圍。你母親對你父親的瑣碎怨言，逐漸演變成相互的爭執，這是你們過往在幼小時，從來未曾見過也難以想像的景象啊！」小舅說。

「我覺得國中三年的生活，根本像是一座孤島的存在。」

「我特別記得你父親會在晚餐時，生氣地放下筷子，指著你說：『你的鼻子不准一直這樣子地奇怪抽筋地皺來皺去，這樣難看死了，你難道不知道嗎？』然後，大家都緊張地看著你，可是你就是用你那一貫沉默也不屑的表情，恍若沒事也沒聽到什麼似的，逕自繼續吃著飯。」

「哈哈，我那時雖然又瘦又小，脾氣卻是硬得像石頭呢！」

「還有，你後來竟然也得了和父親一模樣的胃潰瘍。」

「那是更晚我已經上高中的時候了。」

「是的，我都還記得的。然後，他規定你每一口飯都必須經過細嚼慢嚥後，才可以吞食下肚子的事情，你還記得嗎？」

「當然記得啊，根本就是一場有如災難般的好笑喜劇吧！他會盯著我入食的動作，當著所有人的面前，開始計算我總共咬了幾下，然後才說：『好，現在可以吞下去了。』一家人就這樣睜著眼，看我們兩人用餐時，這樣奇妙也神奇的緊張對話關係。」

我說著。

「但是，我必須說句老實話，我覺得他在你們六個小孩中，一直對你有種獨特的期待。我不知道這究竟是為了什麼，有可能這與他其實還懷念著他那個沒落讀書人背景的父親，以及他從小所感覺到他家族裡的某種文人承傳，也許還能在你身上延續下去的機會，或許就是和這一切有著什麼關連的吧？」小舅說。

「是這樣的嗎？所以，他真的覺得我可以承傳我們家族裡，這個已經消失與沒落的東西，你覺得真的是這樣子的嗎？」

「是的，我是這樣覺得的。你記得你小學時，你父親忽然叫你寫篇作文，說要幫你投稿到《國語日報》去的事情？」

「當然記得。那是很奇怪的舉動，因為他從來不很在意這樣的外在肯定，也不鼓勵我們特別為此作出努力競爭，然後再設法藉此去出頭成功，他不喜歡類似這樣的事情的。」我說著。

「可是，大家那時都有些羨慕父親對你這樣特別的關愛。」

「我記得那天晚上我依照他所出的題目，立刻寫好文章給他看，他把短短的文章作了修改，讓我謄寫一次寄出去。我卻當場生氣起來，直接拒絕了他的修改謄寫要求，堅持要用我自己的版本寄出去，他最後只好搖著頭地寄出我的版本。」

「哈哈哈，這一切我都還記得很清楚的，你一直就是這樣固執的。」

「結果，真的就沒有被採用呢，哈哈！」

確實，父親一直堅持唯獨只有我一人的週記，要先寫好稿子讓他修改過，才可以謄寫上去。我心裡自然有些埋怨，因為眼看著其他人都可以草草就應付過去，我卻必須繁瑣地來回幾次，有時還得等父親應酬回來，帶著酒意地最後改完，臨睡前剩我一人趕著謄寫完成。他甚至規定我每週的書法作業，也必須在他的監視下書寫完成，有時還要從身後抓著我的手，一筆一筆牽引著寫下去。我幾乎痛恨這樣唯獨我必須遵守的規定，最後明確地對他宣告說我不再需要他來管我的書法作業，他才默然地停止了這樣的習慣。

現在想來，他確實用著他自己的模式，想要引導或馴化我的某些資質，然而我一直顯露的對抗與叛逆，讓我們不覺處在難以溝通的緊張狀態裡。有一次我無意中在櫃子深處，發現了一大疊的線裝書，裡面是秀麗挺拔的小楷書寫。我問父親這是什麼？他說這是你祖父手寫的書卷，是他晚年教私塾的書本教材。這一整套的線裝書，離奇地被藏在櫃子的深處，完全沒有被任何家人提起過，後來我就沒有再見到過這些線裝書，不知道究竟為何地忽然全部消失去，像是什麼無人知曉也獨特的流光片影，在我與父親那次短暫對話後，時光交錯般永遠地消逝去。

父親幾乎絕口不談自己的身世背景，家裡牆上掛著一張祖父的素描畫像，應該是從什麼照片臨摹出來的，上面寫的名字是鴻卿公，打扮完全是前清蓄髮留鬍穿長袍的模樣。母親說因為祖父反對革命與新制教育，堅持一家仍然依前清制式過生活，甚至自己開設私塾，教育有著同樣想法人家的小孩。父親因此不能上新制小學，就一直跟著祖父的私塾讀書，直到十一歲時祖父去世，才得以短暫轉入新制學校讀書。

祖父去世後，父親幸運考上簡易師範學校，不僅一切開支都是公費，迅速得到派任福建山區的教職工作，甚至還獲得來台灣擔任公務員的機會。但是，父親完全不和我們談這一段過往的事情，只能偶爾從他與從前簡易師範老友喝酒聊天時，聽到彼此揶揄取笑的斷續故事，才能拼湊出一個模糊的父親年輕形象來。
「我一直覺得父親的家族過往，就是一團神祕的大線團。」我說著。
「確實，你父親從不主動談起他的幼時記憶。但是我有時也不免猜想，會不會也是因為你們並沒有人主動問他，然後以他的個性和習慣，就自然不會想要自己說出什麼來的？」小舅回答著。
「確實有可能這樣的。他一直就心思細膩也體貼他人，確實有可能不會主動說出自己的私密事情。」我說著。
「他是一個心腸很軟的好人。」小舅感慨地說著。
「現在我再回想起來，忽然明白他完全不懷恨任何其他人。他溫和地接納他人的一切，是他自然而然的本性，而他的多情與某種寂寞，因此也是難以避免的結果吧。」
「我也想不起來他曾經有怨怪懷恨過誰人呢！」
我說：「是啊，他就像是一道完全不留痕跡的白光，那樣輕輕地照拂過每個人。」
「有時我其實會想著，你的母親也就是我們家這邊，太過於嚴謹地看待愛與感情的關係，讓我們終於都要陷入一種無法愛陌生人的狀態。然後，你父親攜著他們落敗家族的浮誇浪漫，天真地以為愛人可以一如財產，永遠無止盡地揮霍下去。」

「小舅，所以這是不應該的嗎？」

「不是不是，我並不是說這是不應該的。反而，我其實有些羨慕你爸這樣輕鬆就能愛所有人的能力，我和你媽並不能的。」

「我一直覺得你和母親也是充滿著愛的人啊！」

「是的。但是我們只能愛著自己身邊的人啊！」

「我不懂。」

「沒有關係的。」

「……還有小舅，你不是一直被關在那個什麼的療養院裡嗎？為什麼你卻還會知道我們一路發生來的所有事情呢？」

「我畢竟還是你的小舅啊。而且，我……還是有常常回來看你們，當然就因此一定會知道的啊！」

「是這樣的嗎？對了……小舅，那我昨夜夢裡見到的一個小男孩，是不是那就是你來看我了呢？」

「也許是吧，我其實也不清楚啊，畢竟記憶和夢常常就長得很像。而且，它們本來就各有各的生命，也不是我可以決定誰來誰去的。甚至經常到最後的時候，才會發覺那許多看似來來去去的不同面孔，竟然都是疊在同一個故事裡。」

「可是，我還是不能明白，為什麼你能知道我的生命狀態，我卻完全無法知道你後來究竟發生什麼事情呢？」

「因為，我後來其實也沒有發生什麼事情的啊，哈哈！」

我聽到他努力踏踩起腳踏車踏板的聲音，感覺他呼吸發出呼呼地急促吃力的喘氣。我與小舅共同乘坐的腳踏車，逐漸穿梭地飛馳起來，有如一葉小舟行走在千百道迎面簌簌吹拂來的細針裡，讓顏面像是正穿過撲面大滴雨點，有如被誰鞭打般地疼痛著。整個城市此時也畫布般平鋪在我的眼前，那條碧色蜿蜒的河流，以及環圍城市一整圈的連綿山丘，都平靜地橫躺在這樣祥和溫暖的畫面裡，時間恍然如永恆，眼前景象既真實又虛幻。

「馬上就要到了，但是你必須先閉上眼睛喔。」小舅忽然說著。

我雖然覺得納悶，還是依照小舅的指示閉上眼睛。

又想起來幼小的時候，小舅有一天說要帶我去神社遊玩。

我問著：「神社是什麼啊？」

「就是日本人以前拜神的地方，那可是日本人的神明喔，也是我最喜歡的神祕所在。那裡有許多巨大漂亮的樹木，像是一座無人的小森林，每當我想要獨自安靜的時候，就會自己去到那裡的。」

「啊……神社，我也要去那個神社啊！」我用莫名嚮往的語氣說著。

「好啊，那我們走吧！」小舅說著。

「喔喔……」我懷抱興奮也期待的心情，側身坐入小舅腳踏車前座，一邊迎著撲面而來的風，一邊偶爾偷偷睜開一細縫的眼睛，想要瞻望已經遠離小鎮的前方風景，同時疑惑著我們將去的地方，究竟會是什麼模樣。

「就要到神社了，你的眼睛絕對……絕對不要張開來喔！」小舅繼續叮嚀著我。

我感覺正緩緩下降滑落，周遭先是離奇變得寧靜安詳，逐漸聽到鳥禽蟲仔鳴叫聲響起，像是返回久遠記憶裡的某個熟悉家園。

「現在終於到了，你可以睜開眼睛了。」小舅說著。

睜開眼睛後，眼前出現像是什麼山谷的入口。我好奇地張望著覆蓋各種樹木植栽的周遭環境，這景象有些像是我去過的無數山間景象，既是熟悉也難以辨識。小舅帶我慢慢走進入山谷去，我注意到濃郁交疊的樹林間，會露出一些荒廢的混凝土構築物，彷彿這裡曾經是有過人群的活動跡象。但是，現在一切看起來卻像是什麼殘餘棄置的巨大廢墟，完全感覺不到有任何人煙的出入氣息了。

「小舅，你說的神祕花園究竟是在哪裡呢？」

「就是你現在看到的這一整座山谷啊！」

「這整個山谷嗎？這麼巨大啊。但是……你不是說這裡並沒有任何人跡活動嗎？」

「是的，人們已經無法找到進入這裡的路徑了。」

「那麼……那些建築是什麼呢？」

「那些建築物都是廢墟了。」

「都是廢墟了嗎？」

「是的，都已經是廢墟了。」

「小舅，可是我能感覺到一種寧靜莊嚴的氣氛，這會讓我想到小時候你帶我去過的那個神社。」

「確實，我一直有同樣的感覺。」

「小舅，那座鎮外的神社還在嗎？」

「後來就被拆掉了，那些漂亮的大樹也被砍光了。」

「真的嗎？」

「是真的。」

我和小舅繼續沉默地走向樹林的方向。

「還有……小舅，這些像是廢墟的構造物，究竟是做什麼用的呢？」我指著一個灰黑的屋子，轉頭問著小舅。

「喔，這個山谷曾經是著名的遊樂場，那些長得像是廢墟的構造物，都是過往給旅遊者使用的各種消費娛樂設施。」

我確實注意到有一些奇異的巨大遊具，像史前化石那樣地隱躲在樹林中，不斷從角落露出神祕也恐怖的眼神望著我們。

我繼續問著：

「可是……為什麼一個遊樂場，忽然就變成廢墟了呢？」

「是啊，難以想像吧。而且，這樣的轉變有時迅速得嚇人呢。我還記得有一陣子，大家忽然著迷起這樣的大型遊樂場，所以就有很多這樣的山谷，忽然被迅速開發成各種主題的遊樂場。後來熱潮突然又消褪去，就出現許多依舊隱密存在無名山谷裡，卻已經毫無人跡的廢墟。」

「……喔，原來是這樣的啊。」我疑惑地看著這樣十足奇異荒蕪的景象，同時暗自想著在這樣已經人煙全無的山谷，小舅究竟要帶我去到哪裡？還有，關於他所說的慶典活動，也就是我們就要一起慶祝的生日宴會，究竟如何在這樣無人出入的山林裡，還能夠辨得起來呢？

「你是不是擔心我的生日慶祝活動，可能會十分荒涼也無趣呢？」小舅立刻讀出我此時的心思所在。他也馬上安慰著我：「不要擔心，我全都安排好了。保證一定讓你滿意又驚喜。你應該知道我一生最不能忍受的，就是貧乏與空洞的單調生活啊。」

我想起來小舅年輕的模樣，他特別著重打扮與衣著的帥氣姿態，以及完全不想依循規範去過平凡乏味生活的態度，依舊牢牢地留存在我的記憶深處。

「小舅，我一直覺得你是很有趣的人啊！可是為什麼卻會消失這麼久，讓我到今天才能真正見到你呢？」我問著。

「應該這樣說，就是因為他們認定我是一個精神有問題的人，所以不讓任何人可以來接近我的啊。」小舅說。

「那小舅你真的是一個精神有問題的人嗎？」

「也許是吧，我也弄不清楚。你覺得呢？」

「我覺得你更像是一個讓人難以明白的外星人。」

「哈哈，我也覺得是這樣的。而且，他們說因為看過我曾獨自立在窗口，一直望著外面的藍天，並用手去指著說：『你看你看，他們要來接我回家了。』所以，藉此更是證明我的精神確實有症狀啊，哈哈！」
「究竟是誰要來接你回家啊？」
「就是他們說的外星人啊。」
「真的有外星人嗎？」
「哈哈，當然有啊。」
「啊，是這樣的嗎？」
「對啊，而且我們總是都要回家的。那……你相信外星人的存在嗎？」
「我相信的。」
「你為何會相信呢？難道你也見過外星人嗎？」
「我見過的。」

是的，小舅，我見過外星人。但是我從來沒有告訴過任何人，一來我覺得沒有什麼必要，二來我也知道並不會有人相信我的話。那時候我應該還在念國中，經常孤僻地一人躲在最裡間的臥室，什麼事不做地鎖著門發呆，一天晚上我躺靠在地板的沙發床墊上，無聊聽著鄰家傳來的電視劇聲音，抬頭看出去黝黑的天空，覺得生命十足空虛也失落。

忽然，一個螢火蟲大小的綠色光點，流光般迅速從窗外穿飛進來，我起先以為是什麼奇異的昆蟲，突然穿進來我的臥室。然而，它的飛行像電流一樣迅捷，又能瞬間停住忽然轉折，並且一直在我頭部的四圍打量般轉飛著。我看不清楚它的完整模樣，感覺像是一顆明亮也巨大的眼珠子，友善與好奇地想對我傳達著什麼。我整個人就完全愣住，不知道究竟該說什麼或做什麼，就是感覺到綠色光點正在凝看著我，我也只能凝看回去這個奇異的綠色光點。十分迅速地，它就從同個窗戶瞬間飛逝去。

我知道這就是他們所說的外星人，我並不知道為何我可以這樣確定明白，但是我確實感覺到一種心靈的瞬時溝通，我感覺到某種來自遠方的思念與關懷，是從某些愛著我的心靈那裡，特別捎來給我的溫暖與安慰訊息。小舅，就有點像你今天的忽然出現，我知道你也像那個綠色光點一樣，會流星般迅速就從我的生命中再次消逝無蹤去。但是，我並不會因此感覺遺憾，因為我知道你今天攜帶來的這些能量與訊息，就是你內心的真實關懷與溫暖，而這些溫度將會陪伴我許久許久的。

我隨著小舅轉過一整片樹頂開滿粉色花朵的林木，眼前出現一個乾淨碧綠的小湖，有幾隻白色的鵝和色彩繽紛的鴨子，悠閒地在水面迴游來去。湖中央是長滿綠色草地的一座獨立小島，中間矗立著一座黑色網子罩住的圓形空間，彷彿一個半隱半現的什麼神祕殿堂，年月長久地自在莊嚴座落這個無人跡的山谷。

小舅對我說：「來，我們來打水漂吧！」

我詫異地問著：「像以前那樣嗎？」

「對啊，就是像以前那樣啊。來……你先開始吧。」

我撿起一個扁平橢圓的石頭，向前墊跑了幾步，側身揮臂拋擲出去手中的石頭，那石頭卻令人失望地沉墜入湖底。

「啊，怎麼會這樣呢？」小舅惋惜地說著：「……但是，你不要失望，看一下我的水漂吧。」

小舅優雅地彎身撿起一個石頭，完全沒有特別挑選的，全然不費力也沒有輔助跑步，就側著身地輕鬆拋出去石塊。那個飛出去的小石塊，像是一團旋轉的澄紅燃燒火球，先是迅速跳躍在湖面上，然後不停止地直直向遠處奔去。

「啊，小舅……你的石頭飛起來了啊！」我看著湖面遠處一個橙紅色飛旋物，一直朝向天空高處飛離消失去。

小舅顯得沉著淡定，看著我說：「走吧，我們該走了。」

我們必須跳踏過大小石塊，才能上到綠茵連綿的小島。小舅帶我走進巨大的黑網篷帳時，我立刻被一棵姿態巍峨的樹木吸引住，那是一看就知道必然年歲已經很老邁的樹木，黑褐色樹幹露出曲扭與轉折的痕跡，顯現大樹在生命過程，必然歷經過的各種掙扎與不屈撓。在這個黑網篷帳正中央，也就是老樹座落的上方，開出一個巨大圓形的口，大樹枝幹就透過這個圓洞，舒緩地向天空展露出宛如微笑的體態。

我環視這個被黑網包圍出來的圓形空間，光線從上方開口宣洩下來，有如水流般低沉與穩重，也像是低音大提琴的綿綿絮語。我覺得有如在什麼洞穴裡，望上去那唯一的光線源處，有著自己身在宇宙中央的感覺。我就問著：

「小舅，我們現在是在宇宙的中央了嗎？」

「是啊，你的感覺真敏銳。」

「小舅，那巨樹長得這麼大，它究竟可以伸展得多遠呢？」

「哈哈，它的樹冠可以直接連結到天空去的啊。」

「真的嗎？」

「是啊。」

我坐落入火坑旁的石頭，小舅說要先去撿一些樹枝來生火，他說：「日頭一落下去，就會立刻冷寒起來，火坑一定要早點預備好。」我一人坐著慢慢觀看這個奇異的空間，無法理解這裡曾經是做什麼用途，也猜想這是否就是小舅平常居住的場所呢？此時，外面的整片山谷和湖景，透過黑色網紗半透明的阻隔，展現出有如水墨山水畫的寧靜悠遠氣息。我徜徉在時空幽然的境界，聽到鳥叫蟲鳴的聲音逐漸從四處瀰漫出來，像是莫名湧現出來的雲霧大海，將我慢慢地吞噬包覆起來，讓我彷彿重新沉浸入母親的子宮，得以在溫暖的水液波浪裡，感受到母愛源源不絕的擁抱與護衛感覺。

那是一種奇異的平靜感覺，好像再度回到了熟悉的家，溫暖燈火把暗夜全部屏障在門窗外，沒有恐懼也沒有寒冷。我安心躲入床褥被窩，環抱著心愛的那本童話故事書，等待母親為我誦讀睡前的故事。空氣中飄著溫熱甜美的火爐氣味，那是母親正在廚房為遲歸的父親認真烹煮食物。我耐心等待母親的終於到來，迫不及待地想要能和陪伴我的故事，一起進入我今夜的美夢裡。

眼前火焰有如表演般啪啪地盛放起來，讓我立刻從夢裡驚醒過來，注意到小舅已然把火坑燒得熾烈明亮。他興奮地告訴我生日活動即將開始，暗示我現在可以坐好，準備觀賞接下去的所有節目了。但是，我完全不知道我究竟該期待著什麼，我此刻一人在這座山谷裡，在這個湖中央的小島上，以及在這個奇異的黑網篷帳下的空間裡，除了我與小舅外，根本見不到另外生靈的存在，這裡就是只有小舅與我兩個人，此外就是什麼都沒有的龐然空無黑網空間。

我不知道小舅等待的生日慶典，究竟有什麼安排會真正出現來。我側側看著小舅的臉面，不知道是因為興奮的關係，還是由於熾烈柴火的映照，已經顯露出既是紅豔也光亮的色澤。我輕聲問著小舅：再下來會是什麼表演呢？他回答說：我其實也不知道，這全是他們好意來為我安排的驚喜演出啊！

這時候，一個宏大也嘹亮的鳥鳴聲，劃破四周沉靜的等待氣氛，並在整座山谷產生雷鳴般的回音，彷彿鐘鳴般宣告著序曲的開始。然後，整座山谷鳥語啁啾眾聲喧譁，宛如黎明即將破曉前，樹林裡所有的大小鳥隻，已然按捺不住整夜期待的心情，紛紛用最清亮純真的聲音，唱出對於生命必然日日延續的信任與期待，讓喜悅與歌頌的氣息四處籠罩。

小舅已經閉上他的雙眼，臉上露出陶醉的神情，軀體四肢都隨著搖擺晃動起來，我於是也試著閉上眼睛，專注地聆聽似乎毫無章法的交織音調。十分神奇地，在這樣複雜多源也高低快慢的歧異鳥鳴聲裡，慢慢地流淌出來一道宛如小溪流水的清澈樂音，像是在眾人和聲齊唱的整體環圍裡，恰恰有一個清亮的獨唱聲音，自信從容地從山谷的最深遠處，高亢地吐露出一個緩慢無瑕的聲音，猶如在燈火繁華人間的驀然回首，或是暴雨後岩壁竄流出來的無名清新溪流，讓天空黑幕緩緩也鬆弛地啟開心門，回傳來有如天籟般應和的美妙樂曲。

就在我們沉醉入這樣陶然境界的時候，原本淙淙清脆的祥和樂音，瞬間轉成澎湃撲岸的浪濤聲，彷彿小島四周的平靜湖水，忽然化身成了憤怒的洶湧大海，不斷拍擊顯得無助的小島岸石，甚至連山谷裡的所有樹林枝葉，都被風暴吹得簌簌地發起抖來，只能發出潮水般沙沙沙的哀嚎聲音。頓時間，整個山谷有如籠罩入什麼噩夢的深淵，即令是曾經有著聖靈出入的居所，竟然也轉目間變成魔鬼的窠穴，所有的生靈都哭嚎著四處奔逃。

我立刻陷入巨大的恐懼，有如孤立無援地處在暴風圈核心，完全不知道究竟應該往哪裡去躲藏自己。眼前的一切景象，從原本完整的一片巨大鏡子，忽然先是一分為二地斷裂成一半，再各自繼續對半裂開來，就是這樣嗶嗶啵啵地不斷碎裂下去，一切都在眼前全然地碎裂掉，成為無法辨識的滿地殘破景象。

在我已然感覺到徹底絕望的時候，從最深遠的地底下，再次襲來一陣一陣的蟲鳴聲音，像是遠方天使被誰召喚成群列隊湧現出來，逐漸覆蓋掉原本駭人的風暴浪濤，也平撫下來草葉樹林的原本慌亂情緒，四周重新回到鳥禽依舊能放心各自鳴唱、卻又是和諧共存的原初狀態。

小舅輕輕喚醒已然被這陣風暴攜遠去的我，示意要我看望向上方天空。不知何時，璀璨豔麗的晚霞已經布滿山谷，被霞光蓄意裝扮的大小雲朵頑皮地相互追逐著，彷彿努力為我們演出落幕前的美麗燦爛。所有鳥禽蟲隻以及樹木花朵，都瞠目結舌被眼前的華麗景象全然驚嚇住地靜默下來，只能以必然將永生難忘的姿態，認真傳唱銘記住這樣的黃昏時刻。

「孩子，你要好好欣賞這個美麗的景象，這樣一切帶著狂喜歡樂的氣氛，將會瞬間消逝去的。」小舅在耳邊輕聲地提醒著我。

我忽然有放聲哭泣的感覺，我並不想要見到這一切美好事物的流逝，我也不想孤獨地進入那無人相伴的漫長黑夜。我緩緩地闔閉起眼睛，晚霞宣告將褪去所有璀璨華麗，必是我心懷最難忍受的殘忍撕裂，我寧願沒有親見到這情景的真實發生，寧願繼續相信幸福的必然永存。小舅完全明白我的心情，他不言語地讓我獨處在突然安靜下來的整個環境，沒有試圖打擾我此時的心情。

我忽然很想和小舅真正地聊天，我從來沒有和他好好聊過天。

我就問說：「小舅，你願意和我聊聊天嗎？」

「當然，我的孩子。我等待你這樣開口，已經很久了。」

「我一直知道我需要和你聊天，但是又不知道究竟該說些什麼呢！」

「就說出你記得那最原初的恐懼吧！」
「我記得你持刀追逐著小舅媽的過程，那時我忽然意識到死亡與分離的恐懼。」
「是的，我明白你的感覺。那時，我也意識到黑暗與恐懼的感覺。」
「你那時還是愛著她的嗎？」
「是的。」
「那他們為何把你當成精神病患者，並且把你的一生關鎖在病院呢？」
「因為他們還不知道怎樣處理這樣戀情中愛與死必然的對峙關係。」
「你在精神病院的生活很痛苦嗎？」
「並不會的。我在那裡反而可以自在地成為我自己。」
「你不會寂寞嗎？」
「……寂寞嗎？我不確定，也許我已經忘記寂寞是什麼了。」
「我知道母親曾經多次偷偷去探視你，但是她並不想說出來，因為關於你的所有事情，都已經成為我們家人談話的禁忌了。」
「為何會如此呢？」
「我並不清楚為何會如此，我猜想是母親心裡有著羞慚的感覺，她似乎感覺你這樣失控的一切，可能始自於她家族裡某種隱藏難言的基因。我的父親一方面出於對母親家族的尊重，也不再提起這件難堪的事情，但是我同時也能感覺到他隱隱會把你精神上的瘋狂，與魔鬼的寓身及存在，暗自作著宗教上的聯想。他其實是深愛著小舅，但是他卻又對這樣發生來的一切不知所措，只能依循宗教上的結論，來看待這整件事情。」

「你父親是可以有能力愛人的人啊。」

「是的，他只是困惑於不知究竟該如何表達，並且總是會在關鍵的時刻，顯現出他缺乏面對真實的勇氣與果決。」

「你會想念我嗎？或者……你有一直記得我嗎？」小舅看著我說。

「你從我的童年忽然地消失去之後，我常常暗自想著你是不是已經死去了。」

「為何呢？」

「我那時覺得死亡差不多就是這樣吧，再也看不到和聽不到了。」

「啊，是這樣的啊。」

「我一直想把你徹底地忘記，因為你就像是我童年裡一道永遠無解的謎題，除了假裝你從來不曾真正存在外，我就沒有任何的應對方法了。」

「那你為何又會想要再次召喚我的出現呢？」

「因為我終於理解到，你其實並沒有一刻真正消失去啊！」

「那是因為你從來沒有真正地忘記我啊。」

「是的。」

「孩子，我最天真的孩子，可否請你告訴我，我現在還可以為你做什麼，好讓你的內心得以覺得平安呢？」

「我不知道小舅你究竟還可以為我做什麼，我也不知道我的內心，是不是期望能夠得到平安。我只是覺得我在童年見到你與小舅媽的事情，我的心底就劃下了一道深深的傷痕。」

「對不起，孩子。我並無意傷害到你的內心。」

「我知道，我並沒有責怪你的意思。我只是對愛與傷害的關係，因此全然地迷惑也不解了。」

「是的，關於愛情與因愛而生的傷害，我也一直是同樣無知無解的。」

「我希望你們可以重新再相愛啊。」我說著。

「我明白你的想法。謝謝你，我的孩子。」小舅回答著。

我再度睜張開眼睛，四周已經陷入黑暗之中，小舅也不見蹤影，只有眼前火坑剩餘的熾熱火焰，不斷發出熊熊躍動的殘餘溫暖生機。我有些緊張地站立起來，試圖四下尋找小舅的人影，卻只有被黝黑寂靜籠罩的大地，什麼生靈的曾經存在證據，此刻都無從真實感知。

「小舅，你在哪裡啊？」我像孩子一樣害怕地呼叫著。

我聽到遠遠的黯林裡，傳來小舅回應我的聲音。我循著聲音方向找去，發現小舅立在一座廢墟小屋門口，正對我揮手招呼。

我問他：「小舅，你一個人在這裡幹嘛？」

「這是我的家啊！」

「你的家……這裡就是你的家嗎？」

「是啊。這裡就是他們要我一直住在裡面，不准許我私下離開的那間療養院啊！」

小舅輕聲告訴我。

我環顧這空無一人的屋子，以及顯得殘破不堪的外觀，問著：「可是，我沒有看到其他的任何人……那些醫生、護士和病人，他們都跑去哪裡了啊？」

「他們都躲起來了，他們並不想讓你看見。」

「那難道他們不怕你就這樣自己跑掉了嗎？」

「我並沒有想要跑掉的想法啊！」

「……為什麼呢？這裡看起來是這麼地淒涼也恐怖，你為什麼不趕快跑掉呢？」

「要跑去哪裡呢……外面和這裡其實也差不多的啊，哈哈！」

「真的是這樣的嗎？」我說著。

小舅看我露出詫異不解的表情，就說：「你要不要走進去看一看呢？我的家並沒有你以為的那麼糟糕的啊！」

我走進打開的門，有一盞燈亮起來，完全潔白也乾淨的房間出現在我的眼前。我聽到有嬰兒哭了起來，感覺誰人的母親正匆忙地趕著過來，我知道我必然居住過這個房子，在某一個夢境或記憶裡。我立在房間的正中央，時間從四面八方穿流過我的身體，房間開始分裂成許多碎片，朝向四處放射紛飛出去。就在一切即將飛散消逝去時，有一個洞穴的空間，像小島一樣在眼前迅速流逝的時光中，巍然地站立不動。

我就問著：「小舅，那個像洞穴的地方是什麼呢？」

小舅笑著說：「哈哈，你終於看到我真正的家了，那洞穴就是我真正的記憶小屋啊！」

「就你一個人住在裡面嗎？」

「是啊。但是，也會有其他人來找我的，有時他們會陪我散步聊天，有時會陪我一起生活過日子的啊。」

「住在這樣沒有門窗的山洞，你難道不會害怕嗎？」我問著。

「當然不會啊。我需要害怕什麼呢？」小舅回答說。

「譬如野獸啊、或者陌生人啊！」

「哈哈，他們都是我的朋友呢！」

那個如小島般的山洞，慢慢長出幾支樹根，像有著四肢安穩著地的野獸，緊緊地抓牢岩石般堅硬的土地，同時在山洞的四周與頂部，冒長環繞出來葡萄蔓藤的嫩色枝葉，夾雜著一串串的紫紅果子，幾隻小鳥顯得喜悅跳躍來去，引人好奇是否在葡萄蔓藤裡，其實還暗藏著牠們安居的窩巢。

「小舅，你的家怎麼這麼特別啊！」

「是啊，我很喜歡我的家啊。」

「可是，你卻一直被他們認定是所謂的病人，甚至因而還受到各種奇怪的待遇和控制啊！」

「是啊，但是這些我早已經不在乎了。」

「是嗎？如果你連這個都不在乎，那你還在乎什麼呢？」

「我現在唯一在乎的，就是期待那一直認真聆聽我的話語，並答應最後會接我回家的星子，究竟會在什麼時候，才能終於到來的呢？」

「可是，你不是說你喜歡你這裡的家嗎？為何卻又還要等著誰來接你回家呢？」

「我畢竟還是要離開這個美麗洞穴，因為還有另外一個更久遠的家，一直在等待著我的最後歸返啊！」

「但是，這兩個家又有什麼不同呢？」

「一個是我記憶的家，一個是我夢裡的家，當然完全不同的啊！」

他走到屋前的空地，抬頭看向浩瀚無際的夜空，伸手指著遠處，對我說：「你看，就在那裡，就在那裡啊！他們確實有聽到我的呼喊，那顆星子已經朝向我飛過來了。你看啊，你自己看啊！」

我努力朝著墨色的天空望去，完全見不到任何小舅所說的星子，也不覺得有任何事物正朝著我們飛馳過來，一切就是死寂般的黑暗。轉回頭時，小舅與屋子也忽然消失去，我又回到一人面對周遭空無的獨處狀態，再一次感覺到先前一樣的驚慌與害怕。然後，我聽到耳畔有熟悉的聲音響起，小舅說：「我的孩子，你並不用害怕什麼啊。我一直都沒有遠離去，你要相信我的存在。」

我轉頭四處看去，卻見不到他身軀存在我的身邊。

「那……我現在要做什麼呢？」我問著。

「你不用害怕黑暗，也不需要畏懼孤獨。你先回去躺在火坑邊，讓火焰的溫暖包覆住你，想像你正躺在一葉小舟上，那是一個夏日的夜晚，整片遼闊無域的水面，只有你一人，沒有任何他人。然後，你仰頭凝看漆黑天空，讓自己與星空逐漸融為一體，試著忘記小舟與你身體的存在，讓你的魂魄可以自由漂浮起來，完全不害怕地去自由漂流吧……你完全不需要害怕任何事，因為我會一直在旁邊陪伴著你的。」

「小舅，這小舟會帶我去到哪裡呢？」

「小舟會帶你去到你真正想去的地方，你完全不用擔心。」

「可是……為何可以這樣呢？小舟為何會知道我要去哪裡？因為連我自己都不知道我究竟想去到哪裡的啊！」

「這個世界畢竟太奧祕遼闊，確實無人知道小舟最終會漂流到哪裡去。但是，恰恰因為小舟有著可以預感前方波浪潮流的能力，就是憑著這個本能，小舟可以知道下一步的前行方向。」

「你是說小舟有……預感方向的能力嗎？」

「是的，就是對浪潮方向的預感。小舟因為有著這樣預感的能力，所以並不害怕黑暗的海洋，也能一直維持自己繼續前行的信心與動能。」

「小舟為何不會迷路呢？」我問著。

「因為聽得見前方傳來的訊息，所以小舟永遠不會迷路的。」小舅說。

我想起來我剛搬到台北時，那段夜裡無法自止的靈肉分離狀態，那種感覺到靈魂正獨自離去的感覺，我到現在還深深記得那時的好奇與恐懼。然而，我此刻卻覺得平靜與坦然，我依照小舅的指示，逐漸感覺我與群星的連通，彷彿我正漫遊入浩瀚的時光中，可以再次回到婆幼年的葛家大院角落，看著幼年的婆在花園嬉戲的模樣，也看見到我的生命終於沉寂死去之後，那漫長無止盡的時空流光狀態，這一切都平等地攤露在我的眼前，沒有起頭也沒有結尾。

有如那個我曾經見過的綠色小光點，可以將愛以及一切事物，全部聚集濃縮成一個小光點，如是渺小又極其浩瀚。這同時也喚起我記憶裡的熟悉感覺，就是在許多過往的夜晚裡，我曾經試著敞開我的靈魂，讓我的內在宇宙與外在世界相互衝撞，有如一個黑暗與另一個黑暗的意圖對話。像是意圖讓那有如存在深井的長久寂寞苦痛，與那遙遠也不可觸摸的閃爍群星，終於能夠相互擁抱與彼此安慰。

恰恰在那樣的時刻，我感覺自己已然站立在一座山頂，開始盡情向著四方作出宏亮高聲的呼喚，彷彿想讓內心的聲音，貫穿進入天庭以及我的心靈深處。我也同時聽到什麼遠方的召喚，浪潮般一波一波拍打回來，聖潔的回音繚繞整座山谷。

此時，我腦中忽然閃過一個迅速的意象：銀波翅膀。

那是我年輕時所崇拜小說家的一篇作品名稱，這個顯得生動鮮明的意象，一直以著混沌不明的狀態，起伏出沒在我長時的思維。小說家的文章這樣寫著：

他們一路走到黑漆的海岸，並排地站立著，眼睛的視覺漸漸辨識清楚了，有一刻他們完全被海洋動盪的生命形貌嚇住，驚呆有如直立不動的化石。海洋特別顯現的雄偉壯闊，在次一刻又把他們感化，使他們猶如處在幽明的最初的域地。這時，其中的一位突然對身旁的人指著翻起的白色波浪說：

「你看，」

「是什麼？」

「是銀波翅膀。」

「真是嗎？」

「當然是它。」

銀波翅膀像心中所希望的光，他們詭密地一個傳給一個這久盼的訊息。

小舅此時重新現身回來，問我要不要去坐一坐那兩個鞦韆，就在那一棵巨大的老樹下，兩側不知何時分別掛起了鞦韆。我問小舅那兩個鞦韆是要做什麼用的呢？小舅說：鞦韆可以帶你去往不同的地方，其中一個會讓你完整記起來過往與未來的一切發生與尚未發生的事物，另外一個卻能夠幫助你忘記所有與你曾經牽連或即將在未來發生的人事物。而且，從那裡可以看見最遙遠的那片星雲家鄉，在那遙遠的旅程終點，就是你和所有你曾經愛過的人，最後真正會長久共同居住的處所。

我害怕地問著小舅：「那我應該選擇去坐哪一個鞦韆呢？」

小舅說：「都可以，其實兩個鞦韆的差別也不大，因為最後的去處都一樣。而且，以後你只要思念起任何你所愛的人，就回來這個神祕的花園，只要坐上這兩個神聖的鞦韆，閉起眼睛輕輕地盪著鞦韆，再哼起你剛才聽到的那首樂曲，鞦韆就會立刻把你與你所愛的世界連結起來。」

「真的這樣簡單嗎？」我問著。

「真的就是這樣簡單的。」小舅回答我。

「小舅，那你也會去到那裡嗎？然後，你也會一直停留在那裡，並且和其他的人一起等待歡迎著我嗎？」

「當然啊。」

「所以不管你究竟去到哪裡，我都可以跟隨去到哪裡嗎？」

「當然的啊。」

「那小舅媽也會在那裡嗎？」

「當然。」

「所以，一切都會回到最早先那時，就是一切都還是美好的原初模樣嗎？」

「當然。」

「小舅，我還想問你一件事，就是這棵漂亮的老樹，究竟是什麼樹呢？」

「就是一棵樟樹啊。」

「就是你以前帶我去過的那個日本神社，那些會發出迷人香味的樟樹嗎？」

「是的。」

我知道這是小舅即將離開我的告別話語。我坐上鞦韆闔閉眼睛認真嗅聞樟樹的芳香氣味，輕輕哼唱剛才的樂曲，讓這一座鞦韆攜帶我的身體與心靈，來回擺盪地漂流起來。彷彿我又搖搖晃晃地重新搭乘上一艘獨自穿梭流光的小舟，在疾風細雨的光影穿流裡，努力捕捉與忘記一幕幕浮現並消褪的影像聲音，像是立在溪邊忘我垂釣什麼的男孩，清楚感覺不斷流逝的河水，既是平靜又哀傷的心情。

是的，關於我的童年記憶，我依舊弄不清楚這樣發生來的一切，是不是只是誰人玩笑地，以我的生命去銘刻出他的一段自我足跡印痕，還是這關乎我的一切夢境與記憶，根本就是必然永遠難明的飄忽幻影？然而，我心裡知道我永遠無法理解最後的答案是什麼，我只能繼續不斷對著空無一物的山谷呼喊，像迷途的小孩那樣哭著喊著，期待遠方的那顆星辰，終於能聆聽到我的呼喚，迅速來接引我的終於歸去。

繼續獨自站立在寒冷山頂的我，只是重複聽到我自己話語的回音，不斷從環繞山谷以及遠處雲霧裡傳送回來，完全不知道聆聽者的蹤跡究竟何在。這些回音反覆對我與宇宙呼喊著：「啊，那徘徊在遠方的愛與美，那躲藏在暗穴深谷裡的憂愁與誘惑，請接納我如是汙穢的形貌，請你不要唾棄嫌惡我，請與我共同翔飛到遠方的天空吧。」

忽然，雲朵間傳來小舅熟悉的聲音：「我的孩子，你們美麗也純淨的靈魂啊，這就是那真正所愛者發出的聲音，他正等候你們的歸來！請不用害怕路途中暗穴深谷的憂愁與誘惑，我們必會一起翔飛進入天空。」

「好的，好的。」我努力朝著雲霧方向呼喊著。

但是，我其實心裡完全明白，這兩座鞦韆必然同樣也是深淵的入口。只是，它們各有方向與去處，像是命運總要反覆面對的那些分岔口，一座鞦韆是垂直的深淵，可以上達天堂與下通地獄，瞬間擺盪的距離千里百里；另外一座是水平的深淵，可以讓身體如大海那樣無邊際地漫出去，進入永恆時空四處漂浮，藉此忘記自己的確實存在，融入記憶與夢境的波濤起伏。

我擺盪著這座乘載我身體的鞦韆，有一些驚慌有一些擔憂。然後又再次聽見小舅那溫暖潮濕的熟悉聲音，在我的耳畔響起來，他說：「孩子啊，你的痛苦與哀鳴，必能攜你安然貫穿人間和天庭。你完全不需要感覺害怕，因為只有那些因犯了罪惡，而終於扭曲變形的靈魂，才是不可原諒的深淵。」

是的，小舅。我必須要認真學習接受也試著明白，這一切就是必然終會如此，因為天庭與深淵本就是一定要同時存在。所有源於生命自身存在，而衍生出來的各樣痛苦，都有一位遠方的認真聆聽者，持恆在那裡為我們祈福安慰。我們生來本是一個孩子，離去時依舊還是孩子，從來不曾真正長大過，因此也永遠不會老去。

而且，我們自來就肩負著生命的重擔，因而忍受著奇異難解的憂愁，我們努力穿越眼前一切即將消逝的美麗形體，四周充斥著憂傷和狂喜的哭喊聲音，伴隨我們一起走進未曾停止過的渴望與孤寂裡。一如那個遠方西班牙詩人曾經寫下來的：「我的內心一直在哭泣，我像一個被誰丟棄的孩子，總是走投無路、驚恐、悲傷，是一個在夜裡哭泣並不斷喊著要開燈的孩子。」

是的，我就是那個總是會在夜裡哭喊著要開燈的孩子，可是你……小舅，我知道小舅你必然會立在遠方的星子上，永遠認真聆聽我微弱的呼喚，一刻也不曾遺忘我的存在。忽然，我又感覺乘坐的鞦韆像小舟那樣飄盪出去，我試著努力回望身後一切，只看到整座碧綠如茵的小島，慢慢地被白色無際的海洋包圍住，也彷彿是被無數天使羽翼般的浪潮推擁著，一步一步地朝向天空遠處消失去。

我留戀地呼喊著：「我最親愛的小舅，我請求你能誠懇地告訴我，我究竟是在愛著你的什麼呢？以及，我究竟可以期待著什麼呢？」

沒有任何的回答聲音。

我繼續覆誦著某人的話語：「我最最親愛的小舅，我雖不知明日我將終於去往到何處，但我必不至於害怕，因為我內心所深愛著的，是因你而得以注入我心靈的某種光明、某種聲音、某種氣味、某種食糧、某種擁抱，以及因為這一切而存有的美好記憶。」

※

「愛是困難的。」童年說。

「是的，猶如路邊的無名花朵，注定很難真正地綻放盛開。」我回答童年。

「我必須離開了。」童年又說。

「你要去到哪裡呢？」我忽然覺得慌張了。

「我還不知道，但是你不要擔心，一切都會自然而然地繼續生活下去的。還有，別忘記我們所一起朗讀過里爾克的《馬爾特手記》，他曾經是這樣對我們說著的：『詩人只有回憶還不夠，你還必須能夠忘掉它們。我們不可一直停留在回憶裡，必須學習如何去遺忘。』」

「可是，遺忘之後會剩下什麼呢？」

「記憶，就是為了遺忘啊！然後……記憶是領悟、同時也是渴慕。」

「所以，我也必須試著忘記你嗎？」

「是的。」

「那我還會是完整的我嗎？」

「當然，忘記並不等於消失啊！」

「好的……那我明白了。那麼，再見吧再見吧，我最摯愛的伴侶！」

「再見，我的愛。」

我想起來一個我和童年都喜愛的笑話，每次聽到兩人都要樂不可支，我就對童年再次說起來這個笑話，期待他一如既往地開懷大笑。然而，童年這次並沒有笑聲發出來，彷彿這個笑話已經不再好笑了，我們忽然都顯得有些興致索然與尷尬難堪，我微微地低下頭去，童年只是撇移開他的目光。

這時，小說家忽然再次現身在我旁邊，指著翻起的白色波浪，對我說：

「你看，」

「是什麼？」

「是銀波翅膀。」

「真是嗎？」

「當然是它。」

童年終於轉身離去，踏上長時等候在水岸的小舟，不回頭地穿梭入銀波般翻湧不停歇的水浪翅膀，遠方有一座閃亮呼喚的島嶼，像是夜空裡熠熠生輝的星子，在那裡等待迎接著他的到來。我覺得幸福也平靜，我知道我過往所經歷的一切路徑，都即將重新啟動以及再次啟動，生命有如不朽也沉寂的一張白紙，永遠等待著又一次的翻頁啟幕。

我獨自站立在岸邊，喃喃地反覆念著：

銀波翅膀像心中所希望的光，他們詭密地一個傳給一個這久盼的訊息。

文學叢書 703

銀波之舟

作　　者　阮慶岳
總 編 輯　初安民
責任編輯　林家鵬
美術編輯　黃昶憲
校　　對　阮慶岳　潘貞仁　林家鵬

發 行 人　張書銘
出　　版　INK 印刻文學生活雜誌出版股份有限公司
新北市中和區建一路249號8樓
電話：02-22281626
傳真：02-22281598
e-mail：ink.book@msa.hinet.net
網　　址　舒讀網http://www.inksudu.com.tw

法律顧問　巨鼎博達法律事務所
施竣中律師
總 代 理　成陽出版股份有限公司
電話：03-3589000（代表號）
傳真：03-3556521
郵政劃撥　19785090　印刻文學生活雜誌出版股份有限公司
印　　刷　海王印刷事業股份有限公司

港澳總經銷　泛華發行代理有限公司
地　　址　香港新界將軍澳工業邨駿昌街7號2樓
電　　話　852-27982220
傳　　真　852-27965471
網　　址　www.gccd.com.hk

出版日期　2023年 5 月　初版
ISBN　978-986-387-647-2
定　價　360　元

國家圖書館出版品預行編目資料

銀波之舟／阮慶岳著 --初版,
新北市中和區：INK印刻文學, 2023.5
面；公分.（文學叢書；703）
ISBN 978-986-387-647-2（平裝）

863.57　112002903